Theresa Charles

Crise à Saint-Chad

traduit de l'anglais
par Jeanne Fournier-Pargoire

Éditions J'ai lu

Ce roman a paru sous le titre original :

CRISIS AT ST. CHAD'S

1

– C'est ravissant, Inez, absolument magnifique. Où as-tu trouvé ces rideaux? Ils sont d'une originalité!

– Oh! Maman, ce ne sont pas des rideaux mais des draperies! répondit Inez en affectant un ton de reproche. Arnold Mayton, ce jeune homme de Betteringes, les a découverts et a compris qu'ils se marieraient parfaitement avec cette moquette. Arnold a aussi trouvé le bureau. C'est un cadeau d'anniversaire pour Patrick. Il n'a encore rien vu. Je garde la porte fermée à clé jusqu'à dimanche.

– Ravissant! répéta Molly.

Mentalement elle calculait le prix de la moquette, de ces rideaux somptueux – rideaux ou draperies –, de l'installation électrique toute neuve, des fauteuils profonds et confortables, du beau bureau ancien. Le tout dans de chaudes teintes automnales rousses et or où se mêlaient des tons de flamme et de tendre vert mousse.

– C'est pour toi un cadre merveilleux, chérie, mais, je ne sais pourquoi, il ne me paraît pas très bien adapté à Patrick.

Inez Elbure réprima un soupir d'impatience. Patrick et elle étaient mariés depuis presque six ans, mais, chose singulière, Mrs Raine ne semblait pas encore connaître son gendre. Dès le début une barrière infranchissable les avait séparés. Aux yeux de Molly Raine, Patrick était l'image même du chirurgien renommé, brillant, passionné de son métier et parfois génial, mais aussi dur, presque impitoyable, dépourvu de cœur.

Froid, réservé, distant, Patrick donnait à bien des gens une impression tout à fait fausse de lui, mais sa belle-mère aurait dû se rendre compte que cette froideur n'était qu'un bouclier. Patrick était fier, sensible, beaucoup trop vulnérable et s'il prenait cette attitude hautaine c'est qu'il craignait d'être blessé.

De toute sa vie, Patrick n'avait peut-être aimé réellement que trois personnes : sa mère morte toute jeune d'une péritonite, alors qu'il était encore écolier, ce qui avait éveillé sa vocation de chirurgien; son frère Val, la femme qu'il avait épousée. Fallait-il y ajouter Evelyn? se demandait Inez. Evelyn Shelley avait grandi avec les frères Elbure. Son père avait été – il l'était encore – pasteur de l'église de Watersfall, ce calme village de Cornouailles où, depuis des siècles, un Elbure après l'autre jouait le rôle de châtelain et habitait le manoir appelé les Sources. Quelques années après avoir perdu sa femme, l'actuel châtelain, Willoughby, père de Val et de Patrick, s'était remarié avec la sœur du pasteur, Béatrice, veuve elle aussi, qui dirigeait la maison de son frère et servait de mère à sa nièce Evelyn.

Lorsque Béatrice avait quitté le presbytère pour le beau manoir du châtelain, Evelyn était restée avec son père, mais Béatrice avait emmené avec elle aux Sources son autre nièce et fille adoptive, Ursula. Les quatre enfants, Patrick, Val, Ursula et Evelyn étaient devenus inséparables. Il était tout naturel, jugeait Inez, que les deux cousines aient cru être amoureuses de Patrick.

Malgré sa taille de déesse, ses traits classiques, la sérénité de sa beauté blonde, Ursula n'avait pas touché le cœur de Patrick, peut-être à cause de sa ressemblance avec une belle-mère indésirable et d'abord détestée et il avait considéré Ursula comme une sœur par alliance et haï son don inné pour l'organisation et le commandement. Peut-être avait-il été éloigné d'Ursula par la froideur et la dureté, que, sans s'en rendre compte, il avait senties en elle.

S'il n'avait été vraiment amoureux d'Evelyn, Patrick avait été bien prêt de l'être pendant les deux années que la jeune fille avait passées à Saint-Chad. Aurait-il jamais prononcé des paroles décisives ou non, personne ne pouvait le deviner. Quant à lui, il ne le croyait pas. Evelyn était affectueuse, tendre, généreuse, impulsive, extrêmement séduisante, mais Patrick n'avait jamais pu se confier à elle ou compter sur elle, c'est du moins ce qu'il avait affirmé à Inez. Bien que douce et adorable, Evelyn ne l'avait pas compris et ne se serait adaptée à sa vie.

Bien qu'un peu mortifié et blessé dans sa fierté, Patrick avait été soulagé quand Evelyn avait brusquement décidé d'épouser son frère Val. Pour elle, c'était sans aucun doute le meilleur choix. Val était bon, calme, digne de confiance et il avait toujours aimé Evelyn. Elle ne tiendrait pas la seconde place dans les ambitions de Val. Elle n'aurait même pas à partager les problèmes de Val. Elle n'aurait qu'à oublier ses deux années d'études et se contenter d'être une épouse et une mère adorée. Evelyn avait déjà garçon et fille et attendait son troisième bébé dans cinq mois. En pensant à cet accroissement de la famille d'Evelyn et de Val, Inez soupira de nouveau et ne réprima pas assez rapidement ce soupir. Comme s'ils avaient lu les pensées de la jeune femme, les yeux bleus de sa mère, d'une clarté encore enfantine, s'assombrirent.

– Oh chérie! s'écria Molly toujours franche et impulsive, je ne peux pas m'empêcher de regretter que ça ne soit pas une chambre d'enfant que tu as installée.

– Crois-tu que je ne le regrette pas aussi?

Inez laissa échapper cette riposte sans avoir le temps de la retenir. Ses lèvres se serrèrent. Elle entraîna sa mère hors de la belle pièce silencieuse, tourna la clé dans la serrure et mit la clé dans la poche de son blue-jean délavé.

– Du thé? demanda-t-elle. Nous avons juste le temps d'en boire une tasse avant que je te ramène à West Wheystone. Je suis de service à 5 heures.

– Volontiers, chérie.

Les sourcils froncés, Molly parcourut avec sa fille le couloir au tapis épais et entra dans la cuisine étincelante de propreté. Comme toujours quand elle venait chez le jeune ménage, Molly fut frappée par la transformation qu'Inez avait opérée dans la vieille maison longtemps inhabitée et presque en ruine. Ce pavillon, autrefois occupé par la mère du propriétaire, se trouvait sur un domaine abandonné, à part les fermes, que Saint-Chad avait acheté pour un morceau de pain. Peu de temps avant son mariage, Patrick avait eu la possibilité de l'acquérir et il s'était empressé de le faire.

Molly avait pensé que c'était une maison trop grande et trop prétentieuse pour des jeunes mariés. Avant d'être habitable, elle exigerait beaucoup de temps, d'argent et de travail. Patrick et Inez n'avaient pas de capitaux et, pour acheter le pavillon, Patrick avait dû prendre une lourde hypothèque.

Le père de Patrick n'était pas riche. Lorsque Patrick avait exprimé son ambition de devenir chirurgïen, Willoughby Elbure lui avait dit franchement que des études si coûteuses et si longues absorberaient presque toute sa fortune.

– Si tu prends ta part maintenant, il ne restera pas grand-chose pour Val, excepté la propriété qui nous donne juste de quoi vivre, avait déclaré son père. Les Sources devaient te revenir à toi puisque tu es l'aîné, mais...

– Je les laisse volontiers à Val, je n'aurai jamais le temps de m'en occuper, avait interrompu Patrick avec impatience. Cultiver des terres, ce n'est pas mon rayon.

Non, Patrick n'aurait pas été heureux de passer sa vie dans un village de Cornouailles, à s'occuper d'un petit domaine peu productif. Cependant, parfois, il avait éprouvé un regret nostalgique pour cette gracieuse vieille maison avec toutes ses traditions, Inez l'avait senti. C'était surtout pour cette raison qu'elle avait poussé Patrick à acheter le pavillon. Depuis la mort de sa mère, il n'avait jamais eu la sensation d'avoir un vrai foyer. Il avait toujours vécu dans des chambres meublées et des garçonnières.

Restaurer le pavillon, en faire une demeure acceptable, avait été un défi auquel Inez n'avait pu résister, elle avait relevé le gant. Cela avait pris du temps, beaucoup plus de temps qu'elle ne l'avait prévu. Elle avait passé les trois premières années de sa vie conjugale d'abord dans l'appartement exigu de Patrick, puis dans une villa meublée. S'ils avaient eu plus d'argent, ils auraient pu, bien entendu, activer les réparations. Ou si Inez n'avait pas voulu pour chaque pièce ce degré de perfection qu'elle souhaitait pour Patrick, ils auraient pu s'installer beaucoup plus rapidement dans la maison. Ils habitaient donc ici depuis presque trois ans et ce n'était que maintenant qu'Inez parvenait à transformer le salon en bureau pour Patrick.

S'il n'avait tenu qu'à elle, Inez n'aurait pas eu besoin d'une salle à manger et d'un salon. Elle se serait contentée d'un living-room confortable et d'un coin repas dans la cuisine. Mais Patrick avait protesté : s'ils recevaient des amis ils ne pouvaient leur demander de manger à la cuisine. Il leur fallait une salle à manger véritable. Devinant qu'il pensait aux salles de réception des Sources, Inez avait cédé à contrecœur. Quand, se demandait-elle, auraient-ils le temps, les moyens et le désir de donner des repas de cérémonie?

Patrick n'avait jamais eu le goût des réceptions mondaines et son mariage ne l'avait pas changé à cet égard. Lorsque Inez lui suggérait d'inviter ses confrères, il trouvait toujours un prétexte pour éviter une telle corvée. Par conséquent, la luxueuse salle à manger ne servait que rarement. Quand ils étaient seuls, Inez et Patrick prenaient leur petit déjeuner léger et rapide dans la cuisine et leur dîner du soir dans le living-room sur une petite table ronde. Quand il avait été question d'appeler cette pièce le salon, Inez avait regimbé. Un salon cela demandait un piano, des vitrines pleines d'argenterie, de porcelaines et d'objets d'art, des meubles recouverts de perse et des tableaux anciens sur les murs, comme le salon des Sources. Cela paraîtrait absurdement prétentieux et conviendrait mal à un jeune ménage, avait-elle raisonné, d'autant plus que la femme comme le mari travaillaient à l'hôpital.

Il était vrai qu'une infirmière avait plus de temps libre qu'un chirurgien, mais une infirmière mariée avait d'innombrables tâches domestiques à accomplir dans ce qu'on appelait ses heures de loisir. Certainement, elle n'aurait pas le temps de se prélasser dans son salon. De nos jours, les châtelaines elles-mêmes ne pouvaient mener le genre de vie que la mère de Patrick avait connu dans le passé, avait rappelé Inez à son mari. Celles qui étaient assez riches pour se payer deux bonnes avaient beaucoup de peine à les trouver et à les garder. La plupart des épouses s'occupaient elles-mêmes de leur maison avec de temps en temps l'aide d'une femme de journée.

Patrick, aussi peu homme d'intérieur que possible, avait accepté à regret la décision d'Inez et il avait insisté pour installer dans la cuisine tous les appareils ménagers qui économisaient de la fatigue et du temps.

Pendant que la mère et la fille attendaient que la bouilloire électrique eût rempli ses fonctions, Molly comparait cette cuisine, aussi reluisante de propreté et aussi bien outillée que la salle d'opération d'une clinique, à sa cuisine démodée des Safrans que, depuis des générations, les villageois appelaient la Maison du Docteur. Chez Molly, pas d'éléments assortis ni d'appareils compliqués à part une machine à laver vieille de vingt ans et un réfrigérateur du même âge. Molly préparait le repas sur une cuisinière à charbon ainsi qu'elle le faisait depuis son mariage, une cuisinière qui donnait trop de chaleur en été mais qui, l'hiver, répandait un délicieux confort.

Molly n'aurait pas échangé sa cuisine encombrée où elle se trouvait si bien contre celle d'Inez pourvue de tous les agréments modernes. Elle n'aurait pas échangé non plus sa vie d'épouse adorée d'un médecin de campagne. C'était une de ces femmes attachées à leurs enfants et à leur intérieur qui, un peu trop ronde pour la mode actuelle, garde une beauté romantique. Elle aurait aimé avoir une nombreuse famille et des petits-enfants mais, à son amère déception, la nature lui avait refusé cette joie, la naissance de sa fille avait failli lui coûter la vie et le Dr Raine avait refusé de lui laisser courir d'autres risques.

Molly n'aurait jamais admis que son seul et unique poussin n'était pas tel qu'elle l'aurait choisi, mais elle se sentait souvent comme une mère poule qui a couvé un turbulent caneton. Elle aurait aimé une fille à son image, avec qui elle aurait eu des causeries cœur à cœur, un échange continuel de confidences et qu'elle aurait accompagnée dans les magasins.

Mais Inez ressemblait physiquement et intellectuellement à son père, médecin dans l'âme. Elle avait aussi une fierté farouche et une indépendance qui n'appartenait qu'à elle. Même toute petite elle ne courait pas en sanglotant vers sa maman quand elle s'était fait mal. Elle n'avait jamais partagé avec sa mère ses espoirs, ses rêves, ses ambitions. Elle était plus proche de son père, pourtant Molly ne croyait pas qu'elle lui eût jamais confié les secrets de sa vie conjugale.

Molly pensa mélancoliquement aux deux pièces claires et ensoleillées du premier étage qu'Inez, en lui faisant visiter la maison pour la première fois, avait appelées « les chambres des enfants ». Remises en état, ces pièces n'avaient pas été meublées. Elles restaient, se disait Molly, aussi vides que le jour où les peintres en étaient sortis. Pourquoi? Pourquoi pas d'enfant après presque six années de mariage? Sûrement c'était une question qu'une mère dévouée pouvait poser à sa fille unique?

Mais Molly n'avait osé aborder ce sujet que de loin et Inez lui avait fait comprendre que ces vagues allusions lui étaient désagréables. Sa riposte : « Crois-tu que je ne le regrette pas aussi? » représentait la seule confidence qu'elle eût jamais consentie à sa mère.

Pendant qu'Inez qui mesurait le thé dans la théière de nickel lui tournait le dos, Molly fit une timide tentative.

– Il n'y a rien d'anormal, j'espère, chérie?

– D'anormal? répéta Inez en levant ses sourcils dont l'inclinaison lui donnait un air désinvolte.

– Dans ta conformation, je veux dire...

– Oh maman! s'écria Inez d'un ton à la fois affectueux et exaspéré. Pourquoi ne pas aller droit au but? Tu veux savoir si le berceau reste vide pour des raisons physiologiques?

– Eh bien oui, avoua Molly rouge de confusion mais décidée à aller jusqu'au bout. N'est-il pas naturel que je sois étonnée? Naturel que ton père et moi nous souhaitions des petits-enfants?

– Tout à fait naturel, convint Inez. Mais ne t'inquiète pas. Il n'y a rien qui empêche l'arrivée d'une ribambelle de petits-enfants... si ce n'est ma conviction que c'est un crime de mettre au monde des enfants qui ne sont pas désirés.

– Pas désirés? Mais sûrement tu as envie d'en avoir, protesta Molly. Tu veux dire que Patrick...

Elle hésita, craignant d'avoir l'air de critiquer son gendre.

– Pour le moment Patrick n'accepterait pas avec joie un accroissement de la famille et je ne suis pas sûre de ne pas partager ce sentiment. Te fais-tu une idée de la période difficile que nous traversons à Saint-Chad? demanda Inez d'un ton de doute.

Contrairement à beaucoup de médecins, le Dr Raine n'avait pas choisi une épouse dans son propre monde et il avait pensé que, lorsqu'il aurait fermé son cabinet de consultations, il voudrait oublier les problèmes de la journée et se détendre chez lui avec la femme qu'il aimait. Il ne tenait pas à parler des malades, des maladies et de leurs traitements. L'indifférence béate de Mrs Raine pour le travail de sa fille et de son mari avait souvent irrité Inez, mais elle devait reconnaître que sa mère avait créé chez elle une atmosphère calme, apaisante et agréable.

– Oh! je sais bien que, de nos jours, il y a des problèmes épineux dans la plupart des hôpitaux. De temps en temps je parcours les journaux, répliqua gaiement Molly. Toutes ces histoires sur le prix des journées, les grèves perlées des jeunes médecins, les grèves du personnel domestique fournissent des manchettes en gros caractères. Ton père dit qu'il est presque impossible d'obtenir un lit pour une petite opération, par exemple l'ablation des amygdales. A Saint-Chad est-ce pire qu'ailleurs?

– Je n'en sais rien et d'ailleurs c'est en dehors de la question. A Saint-Chad, certainement, la situation se détériore. Patrick a un programme ridiculement chargé et la semaine dernière les stagiaires ont été obligées de faire le service des filles de salle. Cette atmosphère d'inquiétude et d'insécurité ne devrait pas régner à Saint-Chad avec toutes ses traditions.

Saint-Chad était un des hôpitaux les plus réputés de l'Ouest. Le Dr Raine y avait fait son internat, mais il avait jugé préférable pour Inez d'aller dans un hôpital de Londres « pour élargir son horizon », ainsi qu'il le disait. Parfois, pendant ses années de stage, elle avait regretté cette décision et violemment souffert du mal du pays. Plus tard, elle avait reconnu que, en apprenant à se débrouiller seule et à livrer ses propres batailles, elle avait acquis un équilibre et une assurance qui lui auraient manqué si elle était restée chez elle et avait fait ses études à Saint-Chad.

Pendant la première année qu'elle avait passée à Saint-Chad, en qualité de surveillante, Inez avait souvent senti qu'on la traitait en étrangère, qu'elle ne faisait pas partie « des filles de Saint-Chad », selon l'expression consacrée. Maintenant elle aimait l'hôpital et elle en était fière comme si elle n'avait jamais travaillé ailleurs. L'atmosphère tendue la tracassait autant que Patrick qui, à part un bref séjour aux Etats-Unis, avait passé là toute sa vie professionnelle. Peut-être était-elle encore plus tracassée que lui car, en sa qualité de surveillante, elle était mieux renseignée sur les réactions du personnel et des malades que ne pouvait l'être un chirurgien.

– C'est très ennuyeux, bien entendu, murmura sa mère d'un ton de compassion, surtout si les filles de salle ne font pas bien leur travail, mais cela ne devrait pas affecter ta vie privée.

– Je me demande quelquefois si Patrick et moi nous aurons jamais une vie privée, une vie où Saint-Chad ne s'immiscera pas.

De nouveau Inez prononçait ces mots d'une voix saccadée comme si elle perdait sa maîtrise sur elle-même. De nouveau, elle serra les lèvres et se força à se détendre dans le fauteuil de cuir et d'acier plus confortable qu'il ne le paraissait. Elle jeta un regard à sa mère par-dessus la table recouverte de formica et se hâta de détourner la tête pour ne plus voir l'expression tendre et soucieuse qu'elle lisait dans les yeux bleus de Molly. Son père, elle s'en souvenait, l'avait un jour doucement réprimandée de s'irriter trop visiblement du manque de compréhension de sa mère.

– L'intelligence n'est pas tout, avait-il dit. Ne méprise pas la tendresse ou la compassion d'un cœur aimant.

On ne rompt pas facilement des habitudes prises au cours des ans. Dans le cœur d'Inez, une fibre féminine souhaitait cette tendresse et cette compassion, mais elle était incapable de se jeter dans les bras de sa mère pour lui confier ses anxiétés au sujet de son mari et de leur avenir. Ils devraient avoir bientôt un enfant. Inez le savait. Elle devinait ce que sa mère n'osait pas exprimer. Il est évidemment préférable qu'une femme ait son premier bébé avant la trentaine et avant que le père du bébé ait quarante ans. Patrick aurait quarante ans dimanche. S'ils attendaient encore ne serait-il pas trop âgé pour supporter les inévitables changements qu'apporterait une naissance et pour être plus tard le camarade de son fils?

Il faudrait que ce soit un fils. Inez n'était pas assez maternelle pour désirer, comme Evelyn, une ribambelle de bébés. Elle voulait simplement donner un fils à Patrick. Comment aurait-elle pu le dire à sa mère sans avoir l'air de critiquer le manque d'enthousiasme de Patrick pour fonder une famille? Molly penserait que Patrick devrait laisser cette décision à sa femme.

Cinq ans plus tôt, réfléchissait Inez, elle aurait pu

imposer sa volonté. Comment le faire maintenant alors que Patrick avait déjà tant de problèmes à résoudre? Dans son amour intense et passionné pour elle, il serait en proie à l'inquiétude jusqu'à l'heureuse naissance de l'enfant. Comment pourrait-elle ajouter cette anxiété à tant d'autres?

– Chérie, je sais à quel point ton travail te tient à cœur. Comme pour ton père c'est ta vocation! s'écria Molly, mais ne crois-tu pas que tu le regretteras dans quelques années quand il sera trop tard pour changer d'idée? Je parle des enfants.

– Je comprends très bien, maman, mais je n'ai pas l'intention d'attendre si longtemps, répondit Inez en s'efforçant de parler d'une voix calme. L'année prochaine, peut-être, les choses se seront arrangées et, pour changer, nous pourrons vivre à notre gré. Crois-moi, nous nous en réjouirons.

– La nouvelle directrice? Ton père me parlait d'elle cet après-midi. Il semble s'entendre très bien avec elle.

– Y a-t-il quelqu'un avec qui Papa ne s'entendrait pas? Ce n'est pas pour rien qu'on l'a surnommé « le doux Raine » quand il était encore à Saint-Chad, dit Inez avec un sourire involontaire. Qu'on appelle cela indulgence, compréhension ou bonté, Papa a le don de tirer des gens qu'il rencontre ce qu'il y a de meilleur en eux. De tous les médecins de la région c'est celui qui est le plus aimé.

– Oui, mais il est bon juge des caractères. On ne peut l'accuser de manquer de discernement, protesta Molly. Bien entendu, il regrette l'ancienne directrice, mais cette miss Kirtonberry saura jouer son rôle quand elle aura cessé de faire du zèle.

– Cessera-t-elle? Depuis son arrivée, il y a trois semaines, elle chambarde tout. Simplement par désir de montrer son autorité, c'est du moins ce que nous pensons, déclara Inez avec conviction. Je te l'accorde, notre ancienne directrice était terriblement vieux jeu et décidée à combattre la moindre innovation. Elle était le symbole même de Saint-Chad, mais avait pour l'hôpital un amour passionné. Elle savait tout ce qui se passait jusqu'à la température de chaque malade. On avait la certitude réconfortante qu'elle était toujours là, prête à vous aider en cas d'urgence. On pouvait compter sur elle.

– Elle avait une très grande estime pour toi, m'a souvent affirmé ton père, dit Molly les sourcils froncés. Es-tu entrée en conflit avec miss Kirtonberry?

– Pas encore, mais elle porte sur les nerfs de Patrick. Il prétend que c'est une excellente administratrice plutôt qu'une infirmière; elle se soucie plus de satisfaire le Conseil d'Administration que d'assurer le bien-être des malades. Notre ancienne directrice au contraire était infirmière par vocation et se moquait comme de colin-tampon du Conseil d'Administration et des finances. La nouvelle s'efforce de réduire les dépenses et fait des économies de bouts de chandelle, reprit Inez. Elle compte les paquets de lessive employés à la buanderie, accuse de gaspillage le personnel de la cuisine et les filles de salle.

– Je suppose en effet qu'il y a toujours du gaspillage.

– Sans doute, mais est-ce le rôle de la directrice de harceler les domestiques et de vérifier les plus petits détails? Elle devrait diriger un hôtel, pas un hôpital. Elle n'est pas du tout à sa place à Saint-Chad, affirma Inez avec conviction. Notre ancienne directrice était toujours en blouse blanche, celle-ci est une véritable gravure de mode. Hermione Kirtonberry! Elle a un nom d'héroïne de roman. Un plaisantin l'a surnommée « la belle de mon cœur », un autre a trouvé une abréviation et, derrière son dos, on ne l'appelle plus que « Bébelle ».

– Ce n'est pas très respectueux, murmura Molly. Ton père dit qu'elle est désireuse de faire plaisir.

– Faire plaisir? A qui? Aux membres du Conseil d'Administration? Aux médecins appelés en consultation? Pas au menu fretin qui fait marcher un hôpital, c'est sûr.

Elle s'interrompit pour remplir la tasse de sa mère et pour lui tendre la boîte de métal pleine de biscuits. Sa véhémence la surprenait et même la choquait un peu. Jusque-là elle ne s'était pas rendu compte que la nouvelle directrice lui inspirait une telle antipathie. Surveillante dans la salle d'opération, elle n'avait pas encore eu un contact direct avec Hermione Kirtonberry. Elle savait que la directrice avait l'intention d'acheter des serviettes et des seringues qu'on jetait après usage, mais elle n'avait pas jugé à propos de s'opposer à ces innovations.

Inconsciemment, elle avait, supposait-elle, exprimé l'animosité que Patrick s'efforçait de cacher. C'était au nom de son mari qu'elle blâmait la directrice. Elle n'avait aucune raison personnelle de lui en vouloir si ce n'était que, pendant qu'il était si anxieux et si nerveux, elle ne pouvait aborder avec lui le sujet délicat de leur future famille.

Les yeux inquiets que sa mère fixait sur elle et son sourire trop brillant lui donnaient un sentiment de gêne.

– Il faut supporter ce que l'on ne peut empêcher, conseilla Molly. Essaie de t'entendre avec cette nouvelle directrice.

Inez retint la réponse qui lui montait aux lèvres : « C'est bien ce que je ferais, mais Patrick ne se résignera pas. C'est là le vrai problème. » Mais elle se borna à hocher la tête sans se compromettre.

2

– Je ne veux pas te mettre en retard, chérie. Je peux prendre l'autobus, déclara Molly tandis qu'Inez l'entraînait vers le garage. Seulement...

– Seulement, tu as quelque chose qui te tracasse, risqua Inez dans un éclair d'intuition. Tu n'as pas l'habitude de venir nous voir chaque fois que Papa a l'occasion de passer à Saint-Chad. De fait, tu ne viens jamais à moins que tu ne sois spécialement invitée.

– Je sais que tu es très occupée et il y a le problème du transport.

Sa mère n'avait jamais appris à conduire et cela la caractérisait, pensait parfois Inez. Dans l'univers de Molly Raine, le volant était une des prérogatives du mari.

Saint-Chad était situé dans les faubourgs de Saxham, ville située au centre d'une région jadis entièrement agricole et horticole maintenant envahie par de petites industries. Le village de West Wheystone où habitaient les Raine n'était qu'à neuf kilomètres de là, mais les autobus étaient rares et trop espacés et ceux qui reliaient Saxham à Plymouth traversaient West Wheystone mais n'allaient pas jusqu'à Saint-Chad. Si Molly prenait un de ces véhicules, elle aurait à faire à pied un trajet de deux kilomètres et à attendre longtemps un second autobus.

Ce n'était pas pour cette seule raison que ses visites au pavillon nommé « Elbure » étaient si peu fréquentes, Inez le soupçonnait. Molly ne tenait pas à imposer sa présence à son gendre de peur d'être accusée d'indiscrétion. Elle avait sans doute senti que Patrick, dans sa jalousie féroce, ne voulait partager sa femme avec personne. Il lui suffisait d'être obligé de la céder pendant quelques heures à l'hôpital. C'était visiblement à regret qu'il la voyait accorder quelque affection à sa famille et à ses amis.

Inez avait en secret déploré cette attitude, elle avait espéré qu'après quelques années de mariage – lorsqu'il serait complètement sûr d'elle – Patrick se montrerait plus tolérant. Ce n'était pas encore le cas et Molly le devinait probablement.

– Eh bien? demanda Inez qui installait sa mère sur la banquette avant de sa petite Fiat. De quoi s'agit-il? Pas déjà de projets pour la fête de l'église ou pour les floralies de West Wheystone? Nous ne sommes qu'en janvier. En tout cas si tu cherches une organisatrice, j'ai fait ma part. Pourquoi ne pas t'adresser à la directrice?

– Non, il ne s'agit pas de cela, bien que tu me donnes une idée. Le comité du club d'horticulture se réunit la semaine prochaine pour parler des floralies et je pourrai suggérer de demander le patronage de miss Kirtonberry, dit Molly d'un ton méditatif. Elle serait peut-être contente qu'on fasse appel à elle.

– Alors, qu'y a-t-il? questionna Inez en cherchant à dissimuler son impatience. La fête des mères?

– Non, chérie. C'est quelque chose de plus personnel. J'ai reçu une lettre de Jane... tu sais... Jane Herringway... mon amie de pension. Tu ne te souviens plus d'elle, bien sûr. Elle assistait à ton baptême, j'aurais voulu qu'elle soit ta marraine, mais elle allait épouser ce charmant jeune interne, Bill Primmer, et partir avec lui pour le Canada, elle a donc refusé parce qu'elle ne pourrait pas s'occuper de toi, expliqua Molly. Nous avons continué à nous écrire. C'était naturel que Jane pense à Saint-Chad puisque son mari y a passé plusieurs années... je veux dire son premier mari, Bill. Il est mort, voici trois ans, et, à Noël, Jane s'est remariée.

– Tant mieux pour elle! s'écria distraitement Inez.

Elle donna un coup de frein pour laisser passer une ambulance qui, de toute évidence, se dirigeait vers le pavillon construit récemment pour les urgences et les malades non hospitalisés.

– Encore un accident de voiture probablement. Les gens roulent trop vite sur ces routes couvertes de verglas.

– A West Wheystone, ce qui est dangereux, c'est surtout la boue que les tracteurs et les troupeaux de vaches rejettent de tous les côtés, fit remarquer Molly. La voiture de ton père est si sale qu'on peut à peine voir sa couleur.

– Je l'imagine, approuva Inez en s'engageant, les sourcils froncés, sur la route principale. Pourquoi diable me parles-tu de ton amie de pension? Va droit au but, maman.

– J'ai bien peur que tu ne sois pas contente, chérie, mais, quand Jane m'a téléphoné, j'ai été si émue d'entendre sa voix après tant d'années que je n'ai pas pris le temps de réfléchir.

– Elle a téléphoné du Canada?

– Oh non! De quelque part en Ecosse. Un voyage rapide pour faire la connaissance de la famille de son nouveau mari. Elle espérait venir me voir mais cela lui a été impossible. Elle voulait savoir si j'avais reçu sa lettre. Oui, je l'ai reçue mais il y a seulement quelques jours et depuis je ne t'ai pas vue, expliqua précipitamment Molly. Bien sûr, j'avais l'intention de te consulter avant de promettre... mais Jane a tant insisté... je ne pouvais refuser de l'aider...

– Que t'a demandé Jane et quel est mon rôle dans cette histoire? interrogea Inez.

– Il n'est pas question de toi exactement. Mais de ta chambre d'amis. J'aurais volontiers donné la nôtre, mais West Wheystone est si loin et elle n'a pas de voiture. Je suppose qu'elle pourrait faire le trajet à bicyclette, comme toi autrefois, mais elle ne sait peut-être pas monter à bicyclette. De nos jours, c'est le cas de beaucoup de jeunes filles. C'était différent de ton temps. Maintenant les enfants prennent l'autobus pour aller en classe.

– Faut-il que je comprenne que tu as offert notre chambre d'amis à Jane? et à l'insu de mon mari? demanda Inez incrédule. Bonté divine! Pourquoi?

– Oh non! Bien sûr que non! Pas à Jane. Ne prends pas ce ton sarcastique! Tu me fais perdre la tête. Aujourd'hui Jane prend l'avion avec son mari pour retourner au Canada. C'est Billie qui a besoin de la chambre.

– Qui est Billy? Et pourquoi a-t-il besoin de la chambre?

– Ce n'est pas un garçon mais une fille. Billie – *ie*. C'est la fille cadette de Jane. Celle qui a fait des études d'infirmière. Elle débute à Saint-Chad la semaine prochaine... et j'ai promis de lui trouver un logement, avoua Molly d'un air coupable. Tu ne seras pas contente de l'accueillir, mais tu peux la garder jusqu'à ce que j'aie trouvé quelque chose. Je t'en prie, chérie...

Sa mère avait si rarement l'occasion de lui adresser une prière qu'Inez se sentit au pied du mur. Selon toute apparence, Molly Raine et son amie Jane n'avaient pas pensé qu'une nouvelle infirmière ne serait pas à son aise dans la maison d'un chirurgien et d'une surveillante de Saint-Chad.

– Vraiment, maman, cette gosse serait beaucoup mieux dans le pavillon des infirmières, protesta Inez.

– Ce n'est pas tout à fait une gosse et Jane voudrait qu'elle soit chez des amis. D'après ce que j'ai cru comprendre, Billie vient d'avoir de gros ennuis... une intrigue avec un homme marié beaucoup plus âgé qu'elle, à la suite de quoi un fiancé jaloux a rompu. Par-dessus le marché, Billie ne s'entend pas avec le nouveau mari de sa mère. C'est pour cela que Billie souhaite commencer ici une vie nouvelle.

– Oh non! gémit Inez. Une adolescente à problèmes? Et c'est à moi de la remettre dans le droit chemin? Consoler les cœurs blessés, ce n'est pas mon rayon. Vous feriez beaucoup mieux de la garder, papa et toi.

– Tu connais ton père. Il voudra absolument la conduire en voiture à Saint-Chad chaque fois qu'elle sera de service ou demandera à Chris de le faire. Je ne veux pas que ton père ait une nouvelle cause de fatigue ou donner à Rosemary un autre sujet d'inquiétude. Depuis le temps elle pourrait avoir un peu plus confiance en son mari. Essayer de la raisonner ne sert à rien. Je lui ai dit je ne sais combien de fois que la femme d'un généraliste ne peut se payer le luxe d'être jalouse et soupçonneuse. Ton père a toujours eu des tas d'admiratrices. Est-ce que je m'en suis jamais inquiétée?

– Tu n'en as jamais eu besoin, tu as toujours su que papa t'adorait. Rosemary n'a jamais été sûre de Christopher, lui rappela Inez.

– Quand elle l'a épousé, Rosemary savait qu'il avait été amoureux de toi. Mais quand tu as eu fait la connaissance de Patrick, tu ne lui as plus accordé un regard. Je plains Rosemary mais je plains encore plus Chris... La façon dont elle l'espionne! Ne pourrais-tu avoir une conversation cœur à cœur avec elle? Vous étiez si bonnes amies autrefois.

Inez hocha la tête. Elle avait fait la connaissance de Christopher Denyer pendant ses années d'études et ils avaient pris l'habitude de sortir ensemble. D'abord elle avait été ravie quand il était devenu l'assistant de son père. Le Dr Raine et sa femme avaient beaucoup d'affection pour Chris et Molly voyait en lui le gendre idéal. Puis Inez avait connu Patrick et avait tiré sa révérence à Chris.

Christopher était beau garçon et avait assez de charme pour plaire aux femmes, jeunes ou vieilles. L'aisance, l'élégance des manières sont des atouts pour un généraliste, mais, en ce qui concernait Chris, ils semaient le trouble dans sa vie privée, d'autant qu'il était très inflammable lui aussi.

Inez avait poussé un soupir de soulagement lorsque, après une ou deux intrigues qui auraient pu devenir dangereuses, Christopher avait brusquement annoncé ses fiançailles avec Rosemary Harker. Rosemary, alors la meilleure amie d'Inez à Saint-Chad, n'était pas une beauté, mais elle avait de grandes qualités et elle était profondément éprise de Christopher. Ce mariage paraissait tout à fait satisfaisant bien qu'il ne fût pas très romanesque. Qui aurait deviné que Rosemary, si réputée pour son bon sens, deviendrait d'une jalousie féroce, qu'elle n'avait jamais manifestée à l'hôpital, dès qu'elle aurait la bague au doigt? Aucun jeune mari ne serait content d'être soumis le soir à un interrogatoire serré, surtout si sa profession le met inévitablement en contact avec des femmes de tous les âges.

– J'ai négligé Rosemary, avoua Inez repentante. J'ai toujours tant à faire quand je rentre de l'hôpital. Sa jalousie maladive a-t-elle empiré ces derniers temps?

– J'en ai peur. En particulier depuis ses fausses couches. Elle ne s'en console pas. Bien sûr, Rosemary est une de ces femmes qui ne sont heureuses que si elles ont cinq ou six marmots. Chris aime beaucoup les enfants, lui aussi, et il sait leur parler et les amuser, déclara Molly. Pour qu'ils soient vraiment unis, il leur fallait une famille.

– Mais Rosemary attend de nouveau un bébé?

– Oui et, en secret, elle vit dans la panique, sûre et

certaine que sa grossesse n'ira pas jusqu'au bout. C'est un paquet de nerfs.

– Rosemary? J'ai peine à le croire.

– Tu ne l'as pas vue depuis des semaines, excepté à Noël et, à ce moment-là, elle a fait un grand effort pour se conduire normalement. Maintement, elle serait exaspérante si on n'avait pas pitié d'elle, dit Molly d'un ton compatissant. Elle nous sert toujours de secrétaire, mais elle harcèle ton père pour qu'il la conserve et la rassure et elle le suit partout comme un chien perdu.

– Pauvre chérie! Je suis désolée. Tu as tes propres soucis! s'écria Inez à la fois moqueuse et sincère. J'aurais dû aller la voir plus souvent, tu me donnes des remords.

– Tant mieux! dit Molly en souriant. Alors peut-être nous te verrons plus souvent à l'avenir. Tu ne dois pas te laisser accaparer par Patrick et ta maison pendant tes heures de loisir. Ta présence nous manque.

La douceur du ton ne dissimula pas le reproche et Inez fit tout bas son *mea culpa.* Elle n'avait été gentille ni pour ses parents ni pour Rosemary qui, à ses débuts à Saint-Chad, avait été une amie si dévouée. Elle ne pouvait avouer que Patrick voyait d'un mauvais œil ses visites à ses parents.

Elle s'engagea dans l'étroite route familière qui décrivait une courbe devant les Marronniers, cottage pittoresque et modernisé qu'occupaient Rosemary et Christopher, puis elle monta l'allée qui conduisait aux Safrans. La voiture du Dr Raine était dans le garage ouvert.

– J'espère que Rosemary a fait une tasse de thé pour ton père, dit Molly en mettant pied à terre sans laisser à Inez le temps de lui ouvrir la portière. C'est presque l'heure de ses consultations. Je te téléphonerai quand je serai fixée sur l'arrivée de Billie. Merci beaucoup, chérie.

Elle se pencha pour embrasser Inez toujours assise dans la voiture et au moment où elle se tournait vers la maison la porte de côté qui était celle du cabinet de consultations s'ouvrit brusquement et Rosemary Denyer se précipita au-dehors.

– Il y a une éternité que je ne t'ai pas vue ! cria-t-elle à Inez. Entre! Je viens de faire du thé!

– Désolée! Mais il faut que je reparte tout de suite. Je suis de service à 5 heures.

Inez parvint à sourire mais intérieurement elle était consternée par les signes inquiétants de l'état mental – ou sentimental – de Rosemary. Les cheveux blonds, sans beauté, pendaient en mèches grasses autour de son visage et atteignaient presque ses épaules. Ils étaient ternes et sans vie comme s'ils avaient grand besoin d'être lavés, soignés et mis en plis. Habituellement blanc, son teint était jaune et couperosé, elle avait les paupières rouges comme si elle avait pleuré et son nez luisait. Sa blouse de nylon blanc, bien coupée, ne cachait pas les bourrelets de sa taille et était loin d'être d'une propreté immaculée.

– On ne te voit pas souvent ces temps-ci, se lamenta Rosemary. Il y a un siècle que nous n'avons pas taillé une bonne petite bavette.

– Je le sais. Je le regrette.

Inez n'avait pas arrêté le moteur et serait repartie tout de suite, mais la glace était baissée et Rosemary se penchait vers elle.

– Dis-moi, reprit-elle d'une voix impérieuse, cette nouvelle directrice, est-ce vraiment une Circé?

– Une Circé? répéta Inez. Hermione Kirtonberry?

– A en croire Christopher, elle est formidable. Chic comme une gravure de mode et séduisante comme pas une. Prête à faire des ravages dans tous les cœurs masculins.

– Bonté divine! soupira Inez. Ma pauvre petite, tu

n'es pas encore habituée aux taquineries de ton mari?

– Les taquineries de Chris?

– Certainement, tu n'as pas vu notre nouvelle directrice. Elle s'habille bien, oui, quoique pas toujours avec discernement, mais son visage... (Inez fit un geste expressif :) Elle a les traits pointus, des petits yeux qui clignotent derrière des lunettes aux verres démesurément grands. Son meilleur ami ne dirait pas qu'elle est ravissante et si on l'a surnommée « Bébelle », ce n'est que par dérision.

Le soupir que poussa Rosemary n'exprimait pas tout à fait le soulagement, Inez le craignait.

– Oh! Que Chris peut être agaçant! Ses plaisanteries sont quelquefois exaspérantes. Il m'avait vraiment mis martel en tête.

– Sotte que tu es! s'écria affectueusement Inez. Depuis le temps, tu devrais connaître Chris.

– Quelquefois je me demande... (Les coins de sa bouche s'abaissèrent et elle prit une expression qu'Inez ne lui avait jamais vue.) Tu as un avantage sur moi! Tu le connaissais quand il était étudiant!

– Il y a des années. Nous n'avons jamais été fiancés, ni même tout à fait amoureux l'un de l'autre, si c'est ce que tu suggères.

– Ne me parle pas sur ce ton! Je suis inquiète à propos de lui. Je suppose qu'il va de temps en temps chez toi?

– Tu te trompes, ma chère, Chris a trop de tact pour ça. Il sait que mon mari ne le voit pas d'un bon œil.

– Parce que Chris est encore entiché de toi? C'est ce que tu veux dire? demanda Rosemary d'un ton soupçonneux.

– Non, il ne l'est certainement pas et depuis Noël je n'ai échangé avec lui que quelques signes de tête, affirma Inez en essayant de dissimuler son irritation. Ne fais pas l'idiote!

– Alors si ce n'est ni toi ni la nouvelle directrice, qui est-ce? Pourquoi Chris rentre-t-il tard à la maison chaque fois qu'il doit aller à Saint-Chad?

– Probablement parce qu'il est obligé d'attendre lorsqu'il a à dire un mot à un médecin et même à une surveillante. En ce moment tous ceux qui ne se mettent pas en grève sont accablés de travail. La situation est franchement mauvaise, je peux te l'assurer, et j'aurai des ennuis si tu me retardes.

– Je ne comprends pas pourquoi tu tiens tant à ce vieil hôpital. Tu pourrais si facilement te payer le luxe de rester chez toi.

– Que ferais-je toute la journée puisque Patrick est retenu à Saint-Chad par son travail? D'ailleurs, avec le manque de personnel, ce serait un crime de ne pas me servir de ce que j'ai appris, dit Inez avec une impatience croissante (et elle empoigna le volant...). Ecoute, je reviendrai bientôt.

– Que tu dis! Tu promets!

Rosemary esquissa un sourire et recula.

3

D'une exactitude naturelle, renforcée par l'éducation, Inez tenait la ponctualité pour une des vertus cardinales. Très rarement, elle commençait son service avec un retard de cinq minutes. Elle éprouvait une contrariété un peu ridicule parce que, bien qu'elle eût roulé aussi vite que le lui permettaient les routes glissantes et boueuses, l'horloge marquait 5 heures 10 lorsqu'elle franchit l'entrée du personnel pour gagner l'annexe de l'hôpital de Wellborough, en général désignée par l'abréviation A.H.W.

Ce bâtiment nouveau et imposant relié à l'hôpital ancien par un pont couvert abritait le service des accidentés et celui des malades non hospitalisés, deux salles chirurgicales, celle des hommes et celle des femmes, et deux salles d'opération ultra-modernes. Le chirurgien en chef, Patrick Elbure, travaillait en général dans cette annexe mais, depuis les grèves perlées de ses jeunes assistants, il était souvent appelé à exécuter de petites opérations dans les anciennes salles. C'est là qu'il serait ce soir, en train de trimer pour venir à bout de la longue liste d'interventions qu'il avait entreprise à deux heures mais « trimer » n'était pas un terme qui s'appliquait à son mari brillant et habile, songea Inez.

Jamais elle n'avait vu travailler Patrick sans le frisson qu'elle avait senti la première fois. On ne pouvait être dans son équipe sans partager son enthousiasme et il aimait avoir sa femme à ses côtés. Il lui avait dit plus d'une fois que sa présence était, pour lui, une source d'énergie. L'amour brûlant et passionné qui les unissait avait grandi au lieu de diminuer au cours des années. C'était la joie et l'orgueil d'Inez... mais il fallait le payer avec un dévouement et une fidélité sans limites. Elle n'avait jamais été torturée par des doutes et des soupçons à la Rosemary, mais elle devait prendre des précautions infinies pour ne pas exciter la jalousie de Patrick et ne pas avoir l'air de contester ses droits de propriétaire.

Dans la salle d'opération, Patrick perdait toute notion du temps. Si, ce qui arrivait très rarement, Inez était obligée de sortir quand il n'était pas à la maison pour faire des courses ou prendre son service, et s'il ne la trouvait pas chez eux en rentrant, il attendait son retour en proie à une anxiété fiévreuse. Il aurait dû maintenant se reposer quelques instants en buvant une tasse de thé dans le vestiaire des chirurgiens, mais le rapide regard qu'elle jeta en passant à travers la porte vitrée lui montra que la pièce était vide. Comme d'habitude, il arriverait tard à la fin de la liste.

Soulagée, elle se rendit compte qu'elle avait le temps de se laver les mains, de mettre sa blouse et de tout préparer selon le désir de Patrick pendant qu'il boirait une tasse de thé. En ce qui le concernait, il n'aurait pas pris le temps de s'interrompre, mais il ne voulait pas priver le repos des membres de son équipe. De plus, à cause de la répartition nouvelle de leurs heures de travail, certains internes quittaient leur poste pour faire place à d'autres. Involontairement, Inez fronça ses sourcils noirs. Patrick était absurdement irrité et indigné qu'une telle rébellion eût lieu à Saint-Chad. Il avait une unique consolation : les jeunes internes n'avaient pas à leur tête quelqu'un de Saint-Chad mais « cet Irlandais rouquin, meneur de racaille », ainsi que Patrick désignait Sean O'Halloran.

– Oh! Mrs Raine.

Brenda Cranston, celle des infirmières qu'Inez aimait le mieux, sortait de la salle d'opération et s'arrêta net, stupéfaite, en apercevant Inez, que tout le personnel appelait encore de son nom de jeune fille, malgré son mariage avec Patrick Elbure.

– Ce n'est qu'un bruit qui court alors? La surveillante avait dit...

Elle s'interrompit brusquement et pressa sa main sur ses lèvres d'un geste enfantin. Brenda Cranston était jeune pour être infirmière mais, comme Inez, c'était une fille de médecin et en choisissant son métier elle avait obéi à une véritable vocation. Depuis sa troisième année à Saint-Chad, elle était une des protégées d'Inez. Elle lui devait son avancement rapide. Elle avait travaillé avec Inez pendant trois ans et la prenait pour modèle.

Sa surprise et sa consternation inquiétèrent Inez.

– Qu'y a-t-il donc? demanda-t-elle. On dirait que vous avez vu un revenant.

– Je ne m'attendais pas à vous voir, Mrs Lassen a dit qu'il y avait eu tout un chambardement, qu'elle prenait votre place, expliqua franchement Brenda Cranston. Elle s'occupe de la salle d'opération maintenant.

– Mrs Lassen?

Inez eut la sensation de recevoir un coup dans les côtes. Kate Lassen, de quelques années son aînée, était loin d'être une de ses favorites.

– C'est extraordinaire! Et c'est ma première nouvelle.

– C'était sur le tableau d'affichage, ce matin, reprit Brenda Cranston d'un ton d'excuse. Pas le changement, mais cet avis : « Mrs Lassen chez la directrice à quatorze heures. Mrs Raine chez la directrice à quatorze heures trente... », etc. Il y avait une longue liste de rendez-vous.

– Nom d'un chien! s'écria Inez. Je n'ai pas mis les pieds dans le hall aujourd'hui. Quelqu'un aurait pu m'avertir.

– Je suis désolée, Mrs Raine. Je n'étais pas de service ce matin et c'est seulement après le déjeuner que j'ai regardé le tableau d'affichage. Et il ne m'est pas venu à l'esprit que vous pourriez ne pas l'avoir vu.

– Ce n'est pas votre faute, dit machinalement Inez. J'aurais dû vérifier, mais les changements ont lieu en général le lundi, pas le mercredi.

Elle n'ajoutait pas qu'elle ne s'attendait pas à être comprise dans un chambardement. Si on lui avait demandé son avis, elle aurait refusé. C'était exaspérant d'avoir manqué ce rendez-vous avec la directrice sans l'avoir voulu, elle était maintenant sur la défensive. La directrice aurait bien dû penser qu'Inez qui n'habitait pas l'hôpital venait rarement dans le grand hall.

– La directrice... cette nouvelle directrice..., commença Brenda, et elle hésita à continuer.

– Il faut que j'aille lui présenter mes plus humbles excuses, déclara Inez avec un calme apparent. Merci de m'avoir avertie, Brenda.

Elle pivota sur ses talons et se dirigea vers le pont qui reliait les deux bâtiments. Une colère qu'elle ne montrait pas bouillonnait dans son cœur. Patrick n'accepterait pas volontiers Kate Lassen en remplacement de sa femme... et il n'avait déjà que trop de soucis. La pénurie d'hommes compétents commençait à se faire sentir à Saint-Chad comme dans beaucoup d'autres hôpitaux. Trop de médecins, qui y avaient fait leurs études, avaient quitté l'Angleterre, séduits par la promesse d'appointements plus élevés et de meilleures conditions de travail. Ceux qui restaient, les plus âgés en général, devaient accepter un surmenage excessif que les jeunes, semblait-il, étaient bien décidés à refuser.

Les lettres du mot « occupé » étaient éclairées au-dessus de la porte du bureau de la directrice. Inez s'assit sur une des deux chaises droites et inconfortables offertes aux visiteurs et fit un effort pour se calmer. Quelle absurdité, après cinq ans et demi de mariage, de se sentir vexée et frustrée ainsi qu'un enfant privé d'une récompense promise, simplement parce qu'elle ne serait pas dans la salle d'opération avec Patrick, pour deviner son moindre désir, interpréter le plus petit geste et rencontrer de temps en temps son regard. Comme la plupart des chirurgiens de talent, Patrick n'avait aucune indulgence pour les sots. Un mouvement maladroit ou même une simple hésitation déclenchait une réprimande mordante... et augmentait la nervosité du coupable.

Kate Lassen ne serait ni nerveuse ni maladroite, mais elle n'avait pas l'habitude des salles d'opération et se montrerait probablement lente... tout au moins aux yeux de Patrick. Sûrement Kate Lassen ne pouvait avoir l'espoir d'arriver à l'harmonie qui existait entre Patrick et sa femme. Il devait être possible de le faire comprendre à la directrice.

La porte s'ouvrit et « ce rouquin fomenteur de troubles », Sean O'Halloran, sortit. Son épaisse chevelure de couleur ardente se dressait comme une crête de cacatoès et sa peau, normalement blanche et tavelée, flamboyait quand il aperçut Inez.

– Bonjour, surveillante Raine! s'écria-t-il. Ne me dites pas que vous vous attendez à recevoir un bon savon ou que vous venez défendre vos droits comme votre humble serviteur.

– Bonsoir, Mr O'Halloran. Il y a d'autres raisons pour venir voir la directrice, riposta Inez avec une sécheresse voulue.

Patrick avait fondé de grands espoirs sur ce jeune interne avant que Sean O'Halloran fût devenu le porte-parole des mécontents.

– Ce garçon a des mains adroites et l'esprit vif, avait dit Patrick à diverses occasions et, dans la bouche de Patrick, c'était un grand éloge.

« Ce garçon » avait aussi plus que sa part de charme, et, dans ses yeux d'un bleu-vert, une lueur malicieuse tout à fait désarmante. Il avait une réputation de bourreau des cœurs bien que ce terme ne fût plus employé par les élèves-infirmières qui préféraient dire : « il nous fait perdre la boule » ou bien « c'est un type du tonnerre! ».

– Ne me regardez pas de cet air glacial! Vous allez me pétrifier! Je défends les intérêts de l'hôpital en même temps que les miens. Croyez-vous sérieusement qu'un homme peut faire du bon travail quand il ne s'arrête pas pendant douze heures? demanda Sean O'Halloran d'un ton de défi. Votre mari lui-même, bien qu'il soit en acier, donne des signes de fatigue intellectuelle.

– Douze heures? C'est trop long, admit Inez toujours sur ses gardes.

– Particulièrement dans la salle d'opération. Ce n'est juste ni pour les malades ni pour le chirurgien d'infliger un tel effort à un homme. Un de ces jours, une catastrophe aura lieu, il s'ensuivra une enquête et la vérité sera révélée. Est-ce ce que vous souhaitez?

– Bien sûr que non. Pourquoi vous en prenez-vous à moi? Je ne suis pas responsable de la durée du travail.

– Je ne m'en prends pas à vous. Je vous avertis. Si notre chirurgien génial écoute quelqu'un, ce sera vous. Sinon il s'en mordra les doigts et ce sera dommage. Ne comprenez-vous pas, ma petite, qu'il ne tardera pas à craquer?

C'était le jour des coups de poing dans les côtes, pensa tristement Inez. Elle avait essayé de se persuader qu'elle exagérait les craintes que lui inspirait Patrick mais ce jeune chirurgien aux cheveux roux et au caractère emporté savait aussi, semblait-il, que Patrick se surmenait dangereusement.

– A qui la faute? s'écria-t-elle. Si vous, les jeunes, vous faites la grève perlée, vos aînés sont bien obligés de s'imposer double tâche.

– Personne ne devrait se surmener, affirma-t-il quand le timbre de la directrice résonna.

Ce timbre était une autre innovation. Au temps de l'ancienne directrice, on frappait à la porte à moins que l'écriteau « occupé » ne fût suspendu à la poignée. Probablement l'éclairage et le timbre économisaient du temps mais ils étaient moins intimes.

A l'intérieur, la pièce restait la même tout en présentant de subtiles différences. Hermione Kirtonberry n'avait remplacé ni le tapis ni les rideaux. Ils appartenaient sans doute à l'hôpital et la nouvelle directrice ne pouvait s'en débarrasser s'ils n'étaient pas à son goût. Le vieux et lourd bureau de l'ancienne directrice avait disparu, remplacé par une table de bois de rose plus légère et plus féminine, sur laquelle était posée une coupe de porcelaine pleine de jacinthes bleu pâle. Des jacinthes blanches ornaient le rebord de la fenêtre et des narcisses blancs fleurissaient un guéridon. Plus de feu de bois mais un grand radiateur électrique où des flammes bondissaient autour de fausses bûches.

Inez trouvait l'atmosphère trop chaude et le parfum des fleurs entêtant. Cette chaleur, ce parfum, Hermione Kirtonberry elle-même, vêtue d'un ensemble de jersey ambre bien coupé et d'un chemisier de soie jaune pâle, étaient aux antipodes de l'ancienne directrice en uniforme d'infirmière, les yeux perspicaces derrière des lunettes à monture d'acier.

– Ah! Mrs Raine!

Le ton d'Hermione Kirtonberry n'exprimait ni surprise ni rancune. D'un geste d'une main maigre aux ongles soignés, elle indiqua la chaise de cuir bleu placée devant le bureau. Elle était assise sur un siège analogue mais pourvu d'accoudoirs.

– Votre rendez-vous n'était-il pas pour 2 heures et demie et non 5 heures et demie? Avez-vous mal lu les chiffres?

– Non, madame la directrice. Je vous présente mes excuses. Je n'ai pas consulté le tableau d'affichage aujourd'hui et je ne savais pas que vous vouliez me voir à 2 heures et demie. Je regrette beaucoup...

Hermione Kirtonberry fit un signe de tête. Ses cheveux noirs – d'une noirceur qui ne devait rien à la nature, décréta Inez – découvraient un front étroit et étaient réunis en chignon au sommet de la tête. C'était une coiffure trop sévère pour convenir à son visage maigre et à ses traits aigus. De loin, peut-être, elle ressemblait à une gravure de mode. De près, sa figure et sa silhouette n'offraient que des angles disgracieux.

Ses petits yeux brillants – des yeux d'oiseau – criblaient Inez de regards rapides sans jamais rencontrer les siens.

Il n'y avait pas trace de sourire sur ses lèvres minces, abaissées aux coins, mais aucun reproche ne vibrait dans sa voix.

– C'est dommage mais compréhensible, dit-elle. Toutes nos infirmières mariées ont d'inévitables problèmes. Je le comprends et je m'efforce d'être indulgente.

– Nous avons le téléphone. Vous auriez pu demander à votre secrétaire de me donner un coup de fil, madame, riposta Inez.

La directrice feignit de ne pas entendre.

– Cependant, continua-t-elle d'un ton suave, je ne crois pas qu'elles aient droit à des privilèges particuliers. Si elles en avaient, on ne pourrait reprocher à leurs collègues d'être mécontentes et jalouses.

– Je n'avais pas l'impression d'avoir jamais recherché des privilèges particuliers.

– Non? demanda la directrice. (Son regard se posa sur une pile de papiers bien en ordre sur son bureau devant elle.) Depuis combien de temps n'avez-vous pas eu la charge d'un service?

– Un service? J'ai été au service des urgences pendant un an.

– Il y a quatre ans. Depuis vous avez toujours assisté aux opérations chirurgicales?

– Oui. J'ai, paraît-il, un don pour ce genre de travail. A Saint-Chad, on encourage les surveillantes à se spécialiser. L'ancienne directrice jugeait qu'il faut tenir compte des goûts et des dispositions de chacun.

Cette allusion à l'ancienne directrice était peut-être maladroite. Les traits aigus d'Hermione Kirtonberry devinrent plus aigus encore et de fines rides se dessinèrent sur son front blafard.

– Nos élèves changent de postes tous les trois mois. Nous voulons que nos infirmières aient plusieurs cordes à leur arc, déclara la directrice en appuyant sur l'adjectif possessif. A mon avis, une surveillante devrait être également capable de passer d'une sphère à une autre. Comment serait-il possible de juger leurs capacités si elles restaient indéfiniment dans le même service?

– Quand nous sommes nommées surveillantes, nos supérieurs, je le suppose, ont eu le temps de nous juger.

– Pas toujours. Certaines ont eu moins d'occasions que d'autres de montrer leur savoir-faire. Ce n'est pas juste, je suis sûre que vous en conviendrez, contre-attaqua la directrice. Egalité de chances pour tout le monde, voilà un excellent slogan qui exclut la jalousie.

– Pourvu que la personne à qui sont offertes les chances en soit digne, protesta Inez en levant les sourcils. Vous ne confieriez pas à Mr O'Halloran, par exemple, le soin d'exécuter une opération délicate et dangereuse, dans le genre de celles qu'entreprend Mr Elbure.

– Nous parlons des surveillantes, fit remarquer la directrice. Votre comparaison tombe donc à faux et je ne suggère pas qu'il faut donner à une surveillante de fraîche date les responsabilités d'un service. On ne les confie qu'à une personne compétente. Insinuez-vous que certaines ne le sont pas?

– Oh non! Pas du tout. Mais pour bien faire son travail, il ne s'agit pas seulement de compétence mais de préférence.

– Préférence? répéta la directrice, et ses lèvres minces esquissèrent enfin un sourire comme si elle avait remporté une victoire. Si l'on cédait aux préférences d'une surveillante, on pourrait être accusé de favoritisme. En ce qui vous concerne, Mrs Raine, le bruit court que vous êtes justement l'objet de faveurs injustes.

– Moi?

– Sans aucun doute. Vous apprendrez que le fait d'être la femme de Patrick Elbure ne doit pas peser sur les décisions. Certains membres de notre Conseil d'Administration, je puis le dire, sont d'accord avec moi et pensent que nos surveillantes doivent être capables de tous les emplois. Je les ai consultés à ce sujet.

– Je comprends! Quelqu'un me vise-t-il en particulier? Ou se plaint-on simplement qu'on ne m'ait pas donné des chances égales?

– C'est une question que vous ne devriez pas poser. Vous devriez vous rappeler aussi que vous êtes une de nos plus jeunes surveillantes et que vous ne pouvez vous attendre à un traitement de faveur.

– Je ne m'y attends pas. Ne vous rendez-vous pas compte que je ne demande rien pour moi? J'irais où bon vous semble sans un murmure si j'étais la seule en cause, dit Inez sans cacher son impatience. C'est à mon mari que je pense. Il est habitué à m'avoir près de lui, il a confiance en moi. Il y a entre nous une espèce de télépathie. En m'enlevant maintenant à la salle d'opération, vous augmenterez sa tension nerveuse et sa fatigue.

– Ne vous flattez-vous pas, surveillante Raine? demanda la directrice d'un ton plus froid. La salle d'opération n'est pas un lieu de rendez-vous amoureux et ne se prête pas à l'échange de tendres regards.

Inez gémit intérieurement. Quelqu'un avait donc remarqué les regards qu'elle échangeait de temps en temps avec Patrick, les avait sciemment mal interprétés et exagérés. Comment, sans amoindrir Patrick et paraître d'une vanité odieuse, pouvait-elle convaincre la directrice qu'un désastre s'ensuivrait peut-être si on l'arrachait à son mari? Que, dans les circonstances actuelles, Patrick portait déjà une charge plus lourde que ne peut en assumer un chirurgien? Sean O'Halloran, lui-même, tout révolté qu'il fût, en était persuadé.

Il y eut un bref silence embarrassé. Inez eut l'intuition d'une hostilité glaciale, tout à fait étrangère à l'impartialité dont se targuait la directrice. Depuis qu'elle avait commencé ses études d'infirmière, Inez avait rencontré sur son chemin la jalousie et l'envie. En général, elle avait pu feindre de les ignorer, la tête haute, un regard méprisant dans les yeux. Maintenant, semblait-il, elle s'y heurtait dans des ténèbres si profondes qu'elle était impuissante à reconnaître leur forme extérieure.

Kate Lassen, songea-t-elle, était peut-être l'âme du complot. Kate était ambitieuse et elle avait un oncle au Conseil d'Administration. Cependant Inez ne pouvait l'imaginer se plaignant à cette nouvelle directrice de n'avoir aucune chance d'accéder à la salle d'opération. Bien que, contrairement à Inez, Kate fût une des « filles de Saint-Chad », pouvait-elle ignorer les règles tacites de loyauté et de solidarité qui régnaient dans la profession médicale? Les élèves infirmières elles-mêmes, obéissant à une tradition bien établie, étaient prêtes à protéger une collègue. La poignarder dans le dos semblait inconcevable. De fait, à la connaissance d'Inez, une seule surveillante avait été capable d'une telle trahison et l'ancienne directrice l'avait renvoyée, il y avait de cela des années.

Hermione Kirtonberry tapotait le bureau de ses doigts aux ongles nacrés. Cet entretien était plus désagréable qu'elle ne l'avait prévu. La surveillante Raine – maintenant Inez Elbure – était encore plus redoutable que ne l'avait annoncé Ursula. Plus séduisante aussi. Ursula avait parlé d'Inez d'un ton méprisant. C'était, à l'en croire, une petite arriviste, une intrigante qui avait jeté le grappin sur un chirurgien d'avenir, s'accrochait à lui et menaçait de ruiner sa carrière.

– Méfiez-vous d'elle, Hermione, avait dit Ursula. Elle avait embobiné cette vieille tortue de directrice parce qu'elle est la fille du Dr Raine. Tout le monde le sait, la directrice avait eu le béguin pour Richard Raine. Inez a compté là-dessus. La directrice lui donnait toujours raison. Cela en était écœurant.

– Est-ce pour cette raison que vous avez quitté Saint-Chad? demanda Hermione d'un air innocent.

Ursula avait battu des paupières, signal de danger pour ceux qui la connaissaient bien. Comme si l'on voyait un chat en colère qui fouettait l'air de sa queue, disait Inez. Hermione, qui avait été sous-directrice à la clinique Debrune, avait appris rapidement que, aussi angélique et amicale que pût paraître Ursula Debrune, née Shelley, il ne fallait pas empiéter sur sa vie privée. Si vous franchissiez une certaine limite, un regard glacial vous gelait jusqu'à la moelle.

Ce jour-là, dans le bureau d'Ursula où toutes les deux buvaient du café, Ursula avait répondu avec calme à la question indiscrète : « C'est une erreur de rester trop longtemps au même endroit, on s'encroûte. C'est pour cette raison que, malgré mon regret de vous perdre, je vous conseille de vous présenter pour le poste de directrice de Saint-Chad. Vous rendriez grand service à la société en réorganisant cet hôpital vieux jeu. Il a besoin qu'une main étrangère vienne balayer les toiles d'araignée de la tradition qui ralentissent ses rouages. »

Ambitieuse par nature, Hermione était, de plus, pénétrée de l'importance de ses fonctions dans les hôpitaux nationalisés et elle croyait fermement à l'utilité de toute forme de nationalisation. Elle haïssait les privilèges, quels qu'ils fussent, peut-être parce qu'elle-même avait eu des débuts difficiles et avait dû mener une dure lutte pour arriver en haut de l'échelle. Son père, qui était mineur, avait été tué dans un accident de la fosse alors qu'Hermione n'avait guère plus de dix ans. Sa mère, laissée avec quatre jeunes enfants, avait pris du travail dans une fabrique de jouets et elle était morte d'une intoxication par le plomb. Les patrons avaient à maintes reprises interdit aux employés de sucer les pinceaux qui servaient à peindre les petits soldats. Hermione ne tint pas compte de ce fait. A ses yeux, ses parents étaient des victimes exploitées par des gens riches et privilégiés. D'une brillante intelligence, elle avait gagné des bourses et reçu une aide pécunière mais elle n'avait pas eu la vie facile, même pendant ses années de stagiaire dans un grand hôpital de Londres.

Toujours, elle avait été amèrement envieuse de ses compagnes qui avaient des foyers heureux et venaient de milieux aisés, mais elle avait appris à dissimuler ses sentiments et ses opinions avancées. Presque toutes les jeunes infirmières blâmaient et tournaient en ridicule l'excessive jeune femme. Les convictions profondes et les préjugés d'Hermione inspiraient un sentiment de gêne, elle l'avait découvert. Elle les cachait donc dans le secret de son cœur, mais ils y prospéraient comme des champignons dans une cave.

Elle était capable de modérer son langage, de rendre son visage pareil à un masque, d'affecter la froideur et le détachement, mais elle ne pouvait réprimer son antipathie pour cette jeune femme si maîtresse d'elle-même qui ne craignait pas de croiser le fer avec sa directrice. Sûrement Inez Elbure avait derrière elle une longue lignée d'ancêtres riches et privilégiés.

Souvent les gens qui voyaient Inez pour la première fois, trompés autant par son prénom que par ses cheveux noirs comme la nuit, ses yeux d'un brun foncé, son nez finement ciselé, son menton ferme mais étroit, lui attribuaient une origine espagnole. Une légende familiale voulait, en effet, qu'un mariage ait eu lieu entre un Espagnol survivant de l'Armada et une très lointaine aïeule, mais Inez se considérait comme une fille du Devon.

Elle haussait les épaules quand on lui faisait remarquer qu'elle était plus grande, plus brune, plus mince que ses compatriotes, et elle répliquait qu'elle tenait de son père sa taille, son teint et sa maigreur. Son allure fière et presque arrogante, ses mains racées, sa farouche indépendance, sa fougue, elle ne les devait qu'à elle-même, Patrick l'avait décrété depuis longtemps. Ce n'était l'héritage ni de son père, bon et banal, ni de sa mère, jolie, dodue et sans distinction. On pouvait dire de ses parents qu'ils avaient un physique agréable mais Inez était belle.

Pure et droite comme une lame d'acier, telle était Inez Elbure aux yeux de son mari. Il voyait en elle la beauté, la précision, l'inflexibilité d'un acier bien trempé. Hermione, qui l'étudiait derrière ses lunettes, était vaguement consciente de ce courage et de cette intégrité. Ursula jugeait mal la femme de Patrick Elbure, décida Hermione. Il n'y avait pas là d'arriviste, de petite infirmière intrigante. Inez Elbure avait quelques-uns de ces traits de caractère qui faisaient de son mari un homme peu facile à vivre.

Un instant Hermione regretta sa décision « de rabattre le caquet d'Inez Raine » et « d'abolir les privilèges ». On pouvait tenir mordicus à la doctrine des chances égales, mais Hermione était assez intelligente pour comprendre que la surveillante Raine était mille fois supérieure à la surveillante Lassen. Ce changement si soigneusement étudié était-il une horrible gaffe? Mais plusieurs membres du Conseil d'Administration avaient applaudi sa suggestion et Hermione était sûre d'avoir raison en théorie.

En tout cas, un changement temporaire ne pouvait

avoir de conséquences graves. Ce serait bon pour cette arrogante jeune femme d'être responsable d'un service où les problèmes ne manquaient pas.

– Je prendrai note de vos objections, Mrs Raine. Je ne peux revenir sur les arrangements que j'ai pris, mais ils ne dureront pas éternellement, dit enfin Hermione. J'espère que je peux compter sur votre aide.

A part Kate Lassen, qui brûlait de prendre la place de la surveillante Raine et la surveillante Airdrie qui semblait à deux doigts de la dépression nerveuse, les surveillantes touchées par le chambardement d'Hermione n'avaient manifesté ni plaisir ni soulagement. Elles ne s'étaient pas risquées à critiquer ses plans de réorganisation. Elles avaient toutes murmuré avec plus ou moins de bonne grâce : « Oui, madame la directrice, bien sûr... » en réponse à sa demande d'aide.

Inez Elbure seule leva son menton volontaire, jeta sur Hermione un long regard scrutateur et déclara :

– Je l'espère aussi, madame la directrice.

4

Il y eut de nouveau un silence. Malgré sa nervosité, Inez avait repris le contrôle d'elle-même. Elle sentait intuitivement que faire appel au cœur ou à la raison d'Hermione Kirtonberry serait une humiliante perte de temps et d'énergie. Sans qu'elle puisse deviner pourquoi, cette nouvelle directrice de toute évidence était son ennemie.

– Vous l'espérez..., dit Hermione en appuyant sur ce dernier mot. On croirait que vous n'êtes pas prête à m'aider, que vous n'acceptez pas ce changement comme un défi que vous relevez avec joie.

– Je ne fais jamais de promesses à la légère, madame la directrice. Et vous? Je ne manifeste pas non plus de sentiments que je n'éprouve pas, répondit Inez avec calme. Si c'est mon dossier que vous avez devant vous, je ne crois pas que vous y trouviez que j'aie jamais refusé une tâche ou que je m'en sois mal acquittée.

Ce n'était que trop vrai. Le dossier qu'Hermione avait étudié ne contenait que des éloges. Elle ne pouvait le critiquer. Et elle avait noté sans plaisir le commentaire ajouté par la directrice précédente.

« Intelligente, capable, sait accepter les responsabilités mais peut se montrer trop indépendante. Elle a besoin de liberté pour donner le meilleur d'elle-même. Portée à ne prendre conseil de personne mais intrépide et dévouée, avait écrit la directrice. Une femme qui a des qualités de premier ordre. »

– Non vraiment. Vous avez très bien réussi à Saint-Chad, se força à admettre Hermione.

Il était inutile d'irriter cette Inez, épouse de Patrick Elbure et fille de Richard Raine. Saint-Chad vénérait ces deux hommes. Inutile aussi d'essayer de mater cette arrogante jeune femme tant qu'elle ne se révolterait pas ouvertement.

– Je suis sûre que je puis compter sur vous, Mrs Elbure. C'est pour cela que je vous confie un service où, semble-t-il, tout ne va pas pour le mieux.

– Pas possible? A Saint-Chad? Je ne croyais pas que l'on pourrait dire une telle chose d'un de nos services.

Du loyalisme aussi? Etait-ce pour cela qu'Ursula Debrune jugeait qu'Inez était « odieuse »? Parce qu'on ne trouvait rien à lui reprocher? Rien dont on puisse se servir pour diminuer, sinon briser, cette assurance exaspérante. Ce qu'il y avait de meilleur en Hermione était forcé d'admirer. Mais ce qu'il y avait de mesquin et d'amer murmurait : « C'est facile pour elle d'être généreuse... elle est si favorisée... elle l'a toujours été...

elle a tout ce que l'on peut avoir... la beauté, l'intelligence, la volonté... des parents et un mari qui l'adore... et l'argent, un bon milieu social. »

C'était vrai mais d'autres filles avaient autant et même plus et que faisaient la plupart d'entre elles de ces atouts? Celles qui auraient épousé un homme comme Patrick Elbure auraient-elles continué à travailler huit heures par jour dans un hôpital sans manifester le moindre ennui? Inez Elbure n'avait pas besoin de gagner de l'argent. Elle restait sûrement à Saint-Chad par amour de son métier. Si quelqu'un se moquait d'elle, ce ne serait pas Hermione Kirtonberry!

– J'aimerais pouvoir être d'accord avec vous, Mrs Raine, déclara Hermione avec conviction. Dans la plupart des services l'esprit est excellent. Les améliorations que je souhaite y apporter sont d'ordre secondaire et le personnel fait preuve d'une grande compétence. Dans l'un d'eux, sinon une véritable incurie, du moins le désordre et la négligence règnent.

– Vraiment?

– Vous avez l'air sceptique mais vous ne connaissez pas grand-chose de notre Maternité, n'est-ce pas?

– La Maternité?

C'était un nouveau coup de poing dans les côtes et Inez fronça les lèvres comme si elle allait siffler.

– Vous voulez que je me charge de la Maternité?

C'était la proposition la plus inattendue, celle qui lui convenait le moins, pensa-t-elle consternée. Elle n'avait pas mis le pied dans une Maternité depuis la fin de son stage. D'ailleurs, à la Maternité elle serait complètement séparée de Patrick. Dans un service chirurgical, elle aurait pu l'apercevoir de temps en temps quand il faisait sa tournée. N'étant pas gynécologue, il n'aurait jamais l'occasion de se rendre dans l'aile qui abritait la Maternité.

– C'est un poste très important, qui implique de

grandes responsabilités, reprit la directrice. A mon avis, peut-être le plus important de tous. Dans les autres services, nous nous efforçons de sauver ou de prolonger des vies. A la Maternité, nous aidons à mettre au monde des êtres humains et à leur assurer un bon début dans l'existence.

Ces paroles étaient prononcées avec tant de chaleur et de sincérité qu'elles éveillèrent la curiosité et l'intérêt d'Inez. Jusque-là, aux yeux de la jeune femme, Hermione Kirtonberry avait été une remplaçante indésirable, très inférieure à l'ancienne directrice; elle était indispensable au bon fonctionnement de l'hôpital, mais il fallait la mettre à l'épreuve pour voir si elle avait plus de personnalité que n'en laissait supposer son surnom de « Bébelle ». Maintenant, pour la première fois, Inez jugeait Hermione Kirtonberry en tant qu'être humain, elle se demandait ce qui se cachait sous les vêtements d'une élégance excessive, le maquillage parfait et la diction précise. La directrice avait à sa disposition le vocabulaire habituel des bureaucrates mais parfois elle avait l'air de se servir d'une langue étrangère. Avait-elle jadis possédé un accent prononcé dont elle s'était débarrassée à grand-peine? Quelle chose bizarre! Les accents des régions et des provinces sont tout à fait acceptables de nos jours. De fait, des gens célèbres, principalement les hommes, les exagéraient. Les femmes cependant en éprouvaient quelque gêne.

– J'espère que vous êtes d'accord avec moi, Mrs Raine?

– Quoi? Oh oui! Excusez-moi! se hâta de répondre Inez.

– J'en suis convaincue, les soins avant et après la naissance sont d'une importance capitale. Bien que nous soyons obligés de faire des économies, nous ne retrancherons rien du service de la Maternité, continua la directrice presque avec véhémence. Entre nous,

Mrs Raine, j'ai découvert avec horreur le manque de compétence, la négligence dans les soins donnés aux jeunes mères. Le Conseil d'Administration a reçu des plaintes et quelques-unes, au moins, étaient justifiées.

– Je suis désolée de l'apprendre, madame la directrice...

– Je vous crois.

Hermione eut un sourire un peu hésitant mais qui adoucissait ses traits anguleux.

– Etant donné vos états de service, je suis sûre que vous n'auriez jamais toléré une telle incompétence, Mrs Raine. J'espère que vous ne tolérerez pas non plus les préjugés.

– Les préjugés? répéta Inez en levant les sourcils. Sous quelle forme? Le racisme? La plupart de nos malades viennent de l'Ouest.

– Je pensais aux préjugés contre les mères célibataires. Tout à fait entre nous, j'ai été scandalisée d'apprendre que la surveillante Airdrie appartient à une de ces sectes extémistes qui considèrent encore la plupart des relations sexuelles comme des péchés mortels. Vous ne le saviez pas, Mrs Raine?

Inez secoua la tête.

– Je n'ai jamais parlé à la surveillante Airdrie. Je la connais de vue, c'est tout.

– Il paraît qu'elle sait bien s'occuper des bébés, mais elle a très peu de patience en ce qui concerce les mères. Depuis deux mois son travail l'épuise. Elle fait de la dépression et elle a beaucoup maigri. Je vais lui donner un mois de congé de maladie, déclara la directrice. Quand elle nous reviendra, elle s'occupera des malades de l'extérieur, ce qui est beaucoup moins fatigant.

Elle jeta un regard interrogateur à Inez mais pour une fois Inez ne trouva rien à dire sinon la phrase conventionnelle :

– Oui, madame la directrice.

– Rendre à notre service de la Maternité la perfection qu'il aurait dû toujours avoir, ne sera pas une tâche facile, Mrs Raine.

– Je l'imagine. Il y a d'autres surveillantes plus âgées et plus expérimentées qui se tireraient mieux d'affaire que moi. J'ai très peu travaillé dans la Maternité, avoua Inez. Je n'aime pas beaucoup les bébés, je ne me sens pas obligée de m'attendrir sur les berceaux.

– Tant mieux. Vous ne serez pas handicapée par la sentimentalité. Vous veillerez à ce que chaque jeune mère, quel que soit son milieu, reçoive les soins auxquels elle a droit.

– Naturellement.

« Qu'est-ce que cela veut dire? Pourquoi tant insister sur les préjugés, les droits égaux, la justice? se demandait Inez. A-t-elle souffert de préjugés? Quand et comment? Je ne me la représente pas en mère célibataire... »

– Merci, Mrs Raine. Vous prendrez votre service à la Maternité demain matin et je suis sûre que vous y apporterez de rapides améliorations, déclara la directrice presque gracieuse maintenant. (Elle ajouta après avoir jeté un coup d'œil sur les papiers devant elle :) Vous aurez votre jeune protégée sous votre aile.

– Ma protégée? répéta Inez sans comprendre.

– La fille du Dr William Primmer. Il paraît qu'avant son départ pour le Canada, c'était un de nos médecins-chefs et elle veut devenir sage-femme. En décembre, le Conseil d'Administration a examiné sa demande et votre ancienne directrice a insisté pour qu'on offre un poste à miss Primmer.

– Oh cette fille! s'écria Inez qui avait tout à fait oublié la prière de sa mère. Les Primmer étaient des amis de mes parents, il y a des années. Ma mère m'a appris que leur fille venait mais personnellement je ne les ai pas connus.

– En ce moment, la Maternité manque de personnel. L'année dernière, semble-t-il, plusieurs infirmières qui ne s'entendaient pas avec la surveillante Airdrie ont demandé leur changement. Miss Primmer doit se joindre à vous lundi et je prendrai des dispositions pour vous envoyer du renfort le plus tôt possible, promit la directrice. C'est tout pour maintenant, je crois, Mrs Raine. Je recevrai avec sympathie toutes les suggestions que vous pourrez nous faire pour apporter des améliorations dans votre service.

– Merci, madame la directrice.

Mais les suggestions reçues avec sympathie par la directrice, comment seraient-elles acceptées par les infirmières de la Maternité? Le personnel actuel pourrait ne pas voir d'un bon œil l'arrivée de cette nouvelle surveillante. Le loyalisme, cette force puissante, était une arme à double tranchant. Aussi peu aimées que fussent les surveillantes, les infirmières habituées à travailler sous leurs ordres probablement se rebelleraient contre celle qu'on leur imposerait.

Inez n'avait aucune envie de retourner chez elle pour se réconforter avec une tasse de thé et un autre regard jeté sur la surprise d'anniversaire de Patrick. Il n'était pas dans son caractère de se dérober quand un événement critique surgissait dans sa vie. Mieux valait faire le point sur-le-champ, décida-t-elle, et elle se dirigea vers l'aile de la Maternité. Sa dernière visite datait de si longtemps qu'elle en avait presque perdu le souvenir. Il y avait de cela au moins trois ans quand Rosemary avait été transportée d'urgence à l'hôpital pour sa première fausse couche, après sept mois de grossesse.

La Maternité, qui était un véritable petit univers, occupait toute une aile des anciens bâtiments. Elle se composait de deux grandes salles, de trois autres plus petites et de plusieurs chambres particulières, il y avait en plus une salle de travail, une salle de couveuses et des cabinets de soins. Etre à la tête de ce petit monde n'était pas une sinécure. La plupart des jeunes surveillantes auraient vu dans cette nomination un hommage, un avancement. Elle aussi en aurait été flattée, quelques années plus tôt, admit Inez, flattée sinon contente. Il ne lui vint pas à l'esprit de douter de ses capacités pour mener à bien la tâche. Mais elle n'éprouvait aucune attirance pour les nouveau-nés et leurs mères. Si elle avait eu le choix, elle aurait préféré un service pour enfants. Elle s'entendait assez bien avec les enfants avec qui on peut engager un dialogue. Pour engager un dialogue avec un bébé, il faut être la mère qui l'adore, et les accouchées, elle l'avait appris par expérience au cours de son stage, n'étaient pas les patientes les plus faciles.

Lorsqu'elle arriva sur le palier au premier étage, elle remarqua machinalement que la propreté n'y régnait pas. Il y avait des traces de boue sur le carrelage et la rampe de l'escalier était poussiéreuse. Les portes étaient sales, les panneaux vitrés presque noirs. La Maternité, supposait Inez, souffrait plus que les autres services de la campagne contre les lits payants car elle avait plus que sa part de chambres particulières pour les accouchées privilégiées.

Quand elle était infirmière, Inez était habituée à des salles presque silencieuses, si ce n'est pendant l'heure des visites, et, même alors, les conversations tenues à voix basse ne dépassaient jamais un murmure confus. La première chose qui la frappa quand elle pénétra dans son nouveau domaine, ce fut le bruit. Les femmes parlaient très fort, des bébés hurlaient, et sur ce fond sonore se détachaient des sanglots.

Cette heure-là, après le thé et avant l'arrivée des visiteurs, aurait dû normalement être une période de calme et de détente, excepté dans la salle de travail. Inez s'arrêta sur le seuil de la première salle.

Aucune infirmière n'était visible, mais elle fut immédiatement saluée par des appels désespérés.

— Mademoiselle! Oh, Mademoiselle...

Pendant que d'autres femmes mieux renseignées criaient :

— Madame la surveillante! Madame la surveillante!

Les sanglots qui venaient d'une jeune femme décoiffée dans le lit le plus proche devinrent plus bruyants. Instinctivement Inez s'approcha du lit.

— Calmez-vous! ordonna-t-elle. Qu'y a-t-il?

— Mon bébé... mon bébé... mon petit bébé... il est mort et on ne m'a pas permis de le voir, gémit l'accouchée. Oh je vous en prie... je vous en supplie... montrez-le-moi... que je le tienne dans mes bras au moins une fois!

Des mains aux ongles rongés s'agrippèrent désespérément à la blouse d'Inez. Des yeux noyés de larmes se fixèrent sur elle tandis que des lèvres tremblantes répétaient leur prière.

— Gueule pas comme ça! cria une femme dans le lit voisin. Qui a dit que ton gosse était mort?

— Elle n'a pas voulu me répondre quand je l'ai interrogée. Elle m'a jeté un regard furieux et elle m'a tourné le dos. Je sais qu'il est mort... sans cela pourquoi ne l'aurait-on pas apporté avec les autres? Je veux le voir...

— Calmez-vous! ordonna Inez en tapotant les mains crispées. C'est la première fois que j'entre dans cette salle. Je ne sais pas si votre bébé... mais je vais m'informer.

— C'est vrai? Vous promettez? demanda fiévreusement la jeune femme.

A en juger d'après son visage rouge et son front en sueur, elle devait avoir de la température, pensa Inez. Ses mains étaient brûlantes et moites.

– Je vous le promets, répondit Inez. Quel est votre nom?

– Hickory. Lena Hickory. Et je voulais l'appeler Peter, sanglota la jeune femme.

– Bien, Mrs Hickory. Ne pleurez pas, détendez-vous. Je vais voir où est Peter.

– Ne l'appelez pas « Mrs », déclara la blonde dans le lit voisin. La surveillante lui en veut à mort. « Né dans le péché, il vaudrait mieux qu'il meure »... c'est ce qu'elle lui a dit.

Inez réprima une exclamation. Si vraiment la surveillante avait dit une chose pareille, miss Airdrie n'était pas à sa place à la Maternité. A contrecœur, Inez dut reconnaître que, sur ce point, la directrice n'avait pas tort.

– Elle a été méchante pour moi, gémit Lena. J'ai dit la vérité. J'ai dit la vérité. J'aurais pu acheter une alliance et prétendre que j'étais mariée comme d'autres que je connais.

– Pas à Saxham, ma petite, vous êtes trop connue, déclara gaiement la femme rondelette qui occupait le lit en face de Lena. Qui s'en soucie, excepté quelques vieilles bigotes? Cette surveillante, elle est cinglée, si vous voulez mon avis.

– Le péché est le péché, c'est ce que dit la surveillante, et le nom que l'on peut prendre n'y change rien, commenta la blonde du lit voisin.

– Si c'est à moi que vous pensez, je vous répondrai que c'est comme si j'étais mariée, répliqua une brune à l'air hardi. Bert et moi on passera devant M. le maire dès que nous aurons trouvé un logement. Ne me cherchez pas querelle, Mrs Payno. Vous êtes peut-être mariée mais où est-il votre mari? Il n'est pas venu, les mains pleines de fleurs, comme mon Bert.

– En voilà assez! Plus qu'assez! intervint Inez, aussi déconcertée qu'une jeune institutrice pour la première fois victime d'un chahut. C'est presque l'heure des visites. Dépêchez-vous de vous faire une beauté pendant que je vais m'enquérir au sujet de Peter.

– La surveillante... elle a pris mon rouge et mon rimmel, se plaignit la brune. Elle a dit qu'elle ne voulait pas de maquillage dans son service, ça salit les taies d'oreiller.

– Elle ne m'a même pas laissé mes bigoudis, se lamenta la voisine de Lena Hickory, Juliette Parvis, disait la pancarte accrochée au pied de son lit. Elle veut que nous ressemblions toutes à des vieilles bigotes. Moi je m'en fiche! A son sixième gosse, on n'est plus très coquette.

– Six! s'exclama involontairement Inez.

– Six, mais il y en a un qui est mort.

C'était une blonde fanée. Elle n'avait pas encore atteint la trentaine, mais son visage blême aux traits accusés avait une expression découragée.

Juliette? « Quelle jolie mère romantique et rêveuse avait choisi ce joli nom pour son bébé? » se demanda Inez en détachant de sa blouse les doigts crispés de Lena. Jane lui aurait mieux convenu.

– Vous reviendrez, n'est-ce pas? gémit Lena. Je veux voir mon bébé.

– Oh, pour l'amour de Dieu, fermez ça! s'écria Juliette. Quand ça sera le sixième, vous ne serez pas si pressée de cajoler votre bébé. Je n'aurais pas beaucoup pleuré si celui-là était mort.

– En voilà assez! Je reviens tout de suite, promit Inez, et elle partit précipitamment.

D'un pas décidé, elle se dirigea vers le bureau de la surveillante placé peu commodément, elle s'en souvenait, à l'extrémité du couloir. Il aurait dû être plus central, afin que la surveillante pût se rendre compte de ce qui se passait dans toutes les salles. Dans l'autre salle principale, régnait presque autant de vacarme, constata Inez avec résignation. Elle entendait des sanglots aigus qui venaient de l'une des petites salles à trois lits. De toute évidence si la surveillante Airdrie s'était absentée pour cause de maladie, les malades en profitaient, mais où diable était l'infirmière?

Inez arriva au bureau de la surveillante... et s'arrêta net. D'autres sanglots résonnaient derrière la porte vitrée mais ils étaient accompagnés par une voix d'homme. Une voix familière, Inez le comprit quelques secondes plus tard avec un serrement de cœur. Oui, on ne pouvait s'y tromper, c'était la voix de Christopher Denyer, le mari de Rosemary.

5

Sans autre hésitation, sans même s'annoncer en frappant, Inez ouvrit la porte. C'était son bureau maintenant et Christopher était l'assistant de son père. S'il s'était fourré dans un guêpier, c'était, supposait-elle, son devoir de le secourir.

Il était sûrement rouge et embarrassé et tenait contre lui avec gaucherie la femme qui sanglotait.

– Voyons, Ruth, murmurait-il, ne soyez pas si sotte! Je vous en prie, Ruth...

– C'est ce que j'ai mérité. Je le vois maintenant. Je croyais que c'était tout à fait innocent... simplement une amitié agréable. Je ne me rendais pas compte de la place que vous teniez dans mon cœur... Oh, mon Dieu, j'ai gravement péché... en pensée sinon en action... et c'est mon châtiment!

Ces paroles étaient prononcées d'une voix saccadée, ponctuée de sanglots bruyants.

– C'est stupide! dit Christopher d'un ton désespéré. Nous n'avons jamais rien fait de mal.

Il tournait le dos à la porte et la femme qui sanglotait avait le visage caché contre son épaule. Ce fut seulement à sa coiffe chiffonnée qu'Inez, non sans surprise, reconnut la surveillante Airdrie.

La surveillante Airdrie avait au moins dix ans de plus qu'elle et Inez s'étonna que, depuis le temps qu'elle était à Saint-Chad, elle n'eût pas appris que son prénom était « Ruth » et n'eût pas entendu parler de son étroitesse d'esprit.

– Bonsoir! cria Inez en affectant l'indifférence. Bonsoir docteur Denyer, bonsoir Miss Airdrie. Excusez-moi de vous déranger mais je fais une enquête à propos d'une accouchée, Lena Hickory.

– Inez! s'écria Christopher en faisant volte-face.

Sa voix et son regard exprimaient le soulagement mêlé à la confusion d'un gamin pris en faute. C'était une expression qui lui était assez familière mais Christopher n'était plus un gamin, et elle se garda de répondre à son sourire hésitant.

– Euh... Je suis content de vous voir. Miss Airdrie est un peu énervée...

– Cette fille! Cette petite garce! Elle vit dans le péché et elle s'attend à être choyée et consolée maintenant que son péché a porté fruit! déclara la surveillante d'une voix aiguë. De nos jours, il n'y a rien à tirer de ces filles. Elles ne distinguent pas le bien du mal et le noir du blanc, et on ne peut pas leur donner de conseils. Elles sont grossières et insolentes.

– Tout de même! intervint Inez en imitant sans le vouloir son père, quand la surveillante s'arrêta pour ravaler un sanglot. Elle paraît très inquiète au sujet de son bébé.

– Elle a de quoi l'être! C'est un crime de mettre au monde des enfants qui ne sont pas désirés... des enfants sans père avec seulement une mère qui n'est elle-même qu'une gosse... Pauvre petit chou que personne n'aime... le fruit d'une passion coupable...

De nouveau la surveillante ravala un sanglot bruyant et leva la tête pour fixer sur Inez des yeux rougis par les larmes.

– Oh! Je sais ce que vous allez dire. J'ai péché, moi aussi. Je suis coupable parce que j'aime le mari d'une autre femme. J'ai erré, je me suis égarée... et je me sens malade à en mourir.

– Et vous n'avez pas mis au monde un enfant non désiré, vous n'êtes pas la seule à vous être égarée, répliqua Inez. J'en ai peur, beaucoup de malades et d'infirmières ont succombé au charme célèbre du Dr Denyer. Vous n'avez pas besoin de prendre cela au tragique... Je suis sûre que pour lui ce n'est qu'un jeu.

– Bien sûr, je ne prends pas cela au tragique, déclara Christopher. Ainsi que j'essaie d'en persuader Ruth, il n'y a eu entre nous qu'une amitié désintéressée. Nous avons essayé de nous remonter mutuellement le moral quand nous étions portés à broyer du noir.

– Vous n'avez fait de mal à personne, miss Airdrie. Cessez de pleurer et de vous accuser, conseilla Inez. Asseyez-vous, je vais vous faire une tasse de thé.

– J'allais faire le thé pour le docteur quand il m'est venu brusquement à l'esprit que c'était pour la dernière fois, dit la surveillante en reniflant et en tapotant son visage couperosé avec un mouchoir trempé. Quelqu'un nous a sans doute dénoncés à la directrice et maintenant on me chasse. Il faut que je parte demain... Que dirai-je à mon père? Il est pasteur et il prêche si bien! Il mourra peut-être de désespoir quand il apprendra que sa fille cadette a gravement péché.

– Alors, ne lui dites rien si ce n'est que vous avez besoin d'un congé. Votre péché n'est pas bien grave, affirma Inez en éteignant le réchaud sur lequel la bouilloire chantonnait déjà. Le Dr Denyer est de ces hommes exubérants qui, avec les meilleures intentions du monde, font souvent des ravages dans les cœurs.

Le regard d'Inez disait à Christopher qu'il avait commis une grosse faute en flirtant avec Ruth Airdrie et qu'il devrait avoir honte de lui. Il répondit par une grimace qui admettait ses torts.

— Il faut que je me sauve, Ruth. Au revoir et bonne chance, dit-il d'un ton d'excuse. Ne vous inquiétez pas. La surveillante Raine qui va vous remplacer s'occupera de vous.

Sur ces mots, il repoussa le corps tremblant qui s'accrochait à lui. La surveillante s'effondra dans un fauteuil comme une poupée de chiffons. Christopher lui tapota l'épaule, lui assura que tout s'arrangerait et prit la fuite.

« Froussard! pensa Inez. Quelques baisers et puis je vous tire ma révérence! Voilà comment vous êtes Chris! »

— J'ai essayé, j'ai essayé de toutes mes forces d'inculquer la crainte du Seigneur aux femmes qui sont dans les salles, déclara brusquement Ruth Airdrie en levant la tête et en fixant sur Inez ses yeux rouges. Je savais que je m'évertuais dans un champ d'ivraie mais le Seigneur sait que j'ai pris beaucoup de peine.

— Ce n'est pas un champ plein d'ivraie, protesta Inez. Vous auriez peut-être mieux fait de parler de l'amour de Dieu. L'amour est plus puissant que la peur.

— L'amour? La moitié de nos accouchées ignorent ce que c'est que l'amour. Le plaisir sexuel, voilà tout ce qu'elles connaissent, dit amèrement la surveillante. Elles se maquillent et teignent leurs cheveux pour attirer les hommes et les détruire... et elles se prennent au piège qu'elles ont tendu pour les autres...

— Tout de même! répéta Inez partagée entre le désir de secouer violemment Ruth Airdrie et celui d'apaiser son angoisse. Nous avons ici pour mission de guérir et de panser les plaies. Nous ne devons pas chercher à influencer nos malades en les critiquant. Aussi exaspérantes que soient ces femmes, il faut leur témoigner de la compassion.

– De la compassion? Personne, excepté le Dr Denyer, ne m'a jamais manifesté de la pitié et de la compréhension. Comment pouvais-je m'empêcher de l'aimer et d'attendre ses visites avec impatience? Il était mon rayon de soleil...

– Je sais. Je comprends très bien vos sentiments, répliqua Inez saisie de pitié. C'est l'assistant de mon père et, comme mon père, il a gagné l'affection des malades. Tous disent que son sourire leur fait du bien. Ne croyez pas que vous êtes la seule à l'aimer. Vous faites partie d'une foule.

– Alors pourquoi la directrice m'envoie-t-elle en exil?

– Parce que vous n'êtes pas en bonne santé. Vous êtes surmenée, épuisée. Ce service exige beaucoup de travail et comporte de lourdes responsabilités. La directrice pense qu'il est grand temps que vous preniez un peu de repos.

Tout en parlant, Inez s'occupait de la bouilloire. Ruth Airdrie, affaissée dans son fauteuil, gardait le silence et suivait des yeux tous ses gestes. Elle avait cessé de pleurer, mais de temps en temps un long frisson la parcourait.

– Je n'aurais jamais dû venir à la Maternité. J'aurais dû avoir le courage de parler à la directrice, dit-elle brusquement, alors qu'Inez lui tendait une tasse de thé. Vous vous rappelez Ursula Shelley?

– Bien sûr, répondit Inez avec un tressaillement involontaire. Pourquoi?

– C'était une merveilleuse infirmière, mais, comme moi, elle n'aimait pas beaucoup les nouveau-nés et les accouchements la dégoûtaient. Quand elle est partie d'ici, on lui a offert la direction d'une Maternité, mais elle a refusé et préféré la gérontologie.

– Vraiment? Je ne savais pas. Je n'ai pas entendu parler d'Ursula Shelley depuis son départ de Saint-Chad, dit Inez sur le qui-vive. C'est une de vos amies?

– Elle a toujours été très gentille pour moi quand elle était ici. Nous avons fait nos études ensemble. On l'avait surnommée « Sainte Ursula » et elle avait l'air d'une sainte de vitrail. Mon père n'aime pas les vitraux, mais il y en a de très beaux... et Ursula était très belle, dit Ruth Airdrie rêveusement. Elle avait tant de maîtrise sur elle-même. Quand les hommes lui faisaient les yeux doux, elle les remettait à leur place.

« Vraiment? C'est tout ce que vous savez? pensa Inez. Christopher l'aimait à s'en rendre ridicule et il n'était pas le seul. Elle avait jeté son dévolu sur Patrick ce qui ne l'empêchait pas d'exiger les hommages d'autres jeunes gens. » Et elle dit tout haut pour la troisième fois :

– Tout de même! Si vous vous occupiez des vieillards, miss Airdrie, vous réussiriez sans doute très bien avec eux.

– Peut-être, dit Ruth Airdrie d'un ton de doute. Je ne réussis pas avec les accouchées. Je ne peux pas me faire obéir. Je suppose que je n'ai jamais été vraiment jeune, même dans mon enfance. Mon père était si sévère, il n'approuvait jamais ce que nous faisions. Ma sœur aînée est comme lui. Ma sœur cadette et notre seul frère ont quitté la maison, il y a près de vingt ans. Tous les deux sont mariés maintenant et je les vois très rarement. Je n'ose pas avouer à mon père que je n'ai pas rompu avec eux.

Sa voix était encore tremblante et saccadée, mais elle commençait à se calmer et à reprendre son état normal. Inez le remarqua avec soulagement.

– Serait-ce une question trop indiscrète, miss Airdrie, si je vous demandais votre âge? interrogea-t-elle.

La surprise agrandit les yeux gris pâle, rougis par les larmes, comme si depuis très longtemps personne n'avait posé cette question à Ruth Airdrie.

– J'ai trente-cinq ans et la charge de la Maternité depuis quatre ans, répondit-elle.

– C'est beaucoup trop long.

Sur ce point, Inez était obligée de donner raison à Hermione Kirtonberry. Ruth Airdrie n'était certainement pas à sa place. L'ancienne directrice ne s'en était pas apercue mais la nouvelle l'avait vu clairement.

– Après vous être bien reposée, il faudra essayer autre chose.

– Pourquoi m'avez-vous demandé mon âge?

– Je pensais que vous étiez assez âgée pour prendre vos propres décisions, sans consulter votre père. Pourquoi retourner auprès de lui? Pourquoi ne pas aller chez votre sœur mariée ou chez votre frère?

– Je n'oserais pas. Mon père ne me le pardonnerait jamais. Vous ne le connaissez pas.

Inez ne fit pas remarquer qu'elle n'avait aucune envie de connaître cet homme redoutable.

– Qui habite le plus près d'ici? demanda-t-elle. Votre sœur ou votre frère?

– Mon frère. Ma sœur est dans le pays de Galles. Théodore dirige un hôtel à Bournemouth. C'était un garçon dissolu, du moins de l'avis de mon père, mais après son mariage il s'est assagi.

– Bournemouth? Que trouver de mieux? C'est l'endroit idéal pour des vacances hors saison. L'air de la mer et les pins..., s'écria Inez d'un ton encourageant. Téléphonons à votre frère et demandons-lui s'il a une chambre libre. En janvier, le contraire m'étonnerait. Et le changement d'air vous fera le plus grand bien.

– Je ne crois pas que cela soit possible. Père...

– Pourquoi le dire à votre père? Laissez-lui croire que vous êtes encore à Saint-Chad. Donnez-moi le numéro et je le composerai pour vous.

– Vous êtes très bonne. Je ne sais pas pourquoi. Je ne mérite pas la bonté. J'ai été très coupable, non seulement en pensée mais aussi parce que j'ai négligé mes devoirs.

– Cela arrive à tout le monde. N'exagérez pas vos fautes. Notre pasteur prétend que c'est une forme de vanité. Ne faites pas de vous une héroïne de tragédie, conseilla Inez. Ce numéro, s'il vous plaît.

Se montrait-elle intolérablement autoritaire et indiscrète? se demanda Inez avec gêne. Elle-même n'aurait pas aimé être bousculée de la sorte. Mais de toute évidence Ruth Airdrie avait besoin, dans son propre intérêt, que quelqu'un prenne ses affaires en main. Si elle retournait auprès de son père et de sa sœur aînée, elle risquait une dépression nerveuse.

Dix minutes plus tard, tout était arrangé et Ruth Airdrie, de nouveau en larmes, mais c'était cette fois des larmes de soulagement, disait comme si elle ne pouvait le croire :

– Il va venir me chercher. Il avait l'air vraiment content. Hilda aussi. Tous les deux ont l'air de m'accueillir avec joie.

– Bien sûr. Maintenant vous n'avez plus qu'à faire vos valises. Puis vous prendrez un bain chaud et vous vous offrirez une bonne nuit de sommeil.

– Officiellement je ne suis libre qu'à 8 heures.

– Sauvez-vous. Je suis là. Je prendrai votre place. Je suppose que vous avez une infirmière qui pourra me mettre au courant?

Si l'infirmière ne remplissait pas ses devoirs, Lena Hickory était probablement en proie à une crise de nerfs, décida Inez. Comme dans le bureau de la surveillante, on entendait « la musique d'ambiance ». D'une minute à l'autre les visiteurs envahiraient les salles et ajouteraient à la cacophonie.

– Miss Mintge. C'est une brave fille mais elle aime trop les commérages. Il faut être toujours derrière elle, sans cela elle néglige son travail. L'infirmière Hannaford, au contraire, desserre à peine les dents. Je veux dire qu'elle ne parle pas aux accouchées. Elle raffole des bébés et les connaît individuellement. Puis nous avons miss Wakefield qui est expérimentée et capable mais trop sévère pour les élèves infirmières. Elle est furieuse parce qu'on ne l'a pas nommée surveillante. Elle est avec moi depuis que je suis à la Maternité. Elle jugera que vous êtes beaucoup trop jeune... J'espère qu'elle ne vous mettra pas des bâtons dans les roues.

– Ne vous inquiétez pas! Je sais me débrouiller. Vous n'avez aucun renseignement particulier à me donner sur les accouchées?

– Vous trouverez tous les détails dans mon registre. Je le tiens soigneusement à jour. Je ne suis pas tranquille pour Mrs Overleigh mais le Dr Denyer, qui la soigne, m'a dit ce soir qu'elle ne lui inspirait aucune inquiétude et que j'exagérais mes craintes. C'était une sorte de pressentiment. Vous savez ce que c'est?

– Oui. Il faut quelquefois se fier aux pressentiments. Je surveillerai cette jeune femme, promit Inez. Maintenant sauvez-vous avant qu'une foule de familles anxieuses ne fonde sur vous.

Après le départ de Ruth Airdrie, Inez consulta le registre. Il était en effet à jour. Inez découvrit sans peine que le bébé de Lena Hickory, né prématurément deux jours plus tôt, était encore en couveuse. Mrs Mary Overleigh, qui, âgée de trente-sept ans, attendait son premier bébé, occupait une chambre particulière depuis une semaine. Elle souffrait d'hypertension.

On frappa à la porte. Inez eut à peine le temps de répondre qu'une jeune infirmière, sa coiffe de travers et sa blouse chiffonnée, se précipita à l'intérieur, au comble de l'agitation.

– Avez-vous téléphoné au Dr Lockwood? demanda-t-elle. (Ebahie à la vue d'Inez, elle s'interrompit.) Pardon! Je cherchais la surveillante... miss Airdrie...

– Elle a pris un congé. Je la remplace. Qu'y a-t-il?

– C'est Mrs Bruce... dans la salle de travail. Elle ne cesse pas de gémir et son mari est furieux. Il m'a dit de dire à la surveillante que cet accouchement naturel, c'était de la folie, qu'il en avait assez et qu'elle se dépêche de venir mettre fin aux souffrances de sa Marlène.

– Comme s'il s'agissait d'une vieille chatte qu'on mène chez le vétérinaire, répliqua sèchement Inez, et l'infirmière réprima un rire nerveux.

– C'est justement ce qu'il est, M. Bruce est vétérinaire et il dit que si la surveillante ne vient pas, il prendra les choses en main. Il a sa trousse dans sa voiture. Il dit qu'il ne laisserait jamais une chienne ou une chatte souffrir de cette façon...

– Depuis combien de temps Mrs Bruce est-elle dans la salle de travail?

– Depuis trois heures de l'après-midi. La surveillante avait dit qu'elle téléphonerait au Dr Lockwood. C'était à quatre et demie mais le Dr Lockwood n'est pas encore venu.

– Je vais jeter un coup d'œil sur Mrs Bruce. Redressez votre coiffe, ordonna machinalement Inez. Comment vous appelez-vous?

– Trent. Peggy Trent. C'est ma troisième année. Je passerai les derniers examens cet été, répondit la jeune fille. (Elle redressa sa coiffe tout en adressant à Inez un sourire hésitant.) Vous êtes Mrs Elbure, n'est-ce pas? Vous venez à la Maternité?

– Oui. Mais à l'hôpital, je suis encore la surveillante Raine.

Souhaitait-elle être simplement Mrs Patrick Elbure?

Inez se le demanda en se levant pour suivre Peggy Trent. Rosemary n'aurait pas compris pourquoi ce rôle ne lui suffisait pas.

Elle aurait pu être chez elle maintenant, en train de préparer un bon petit dîner pour son mari, au lieu d'être sur le point d'effectuer un accouchement peut-être difficile. Oui, mais combien de temps devrait-elle attendre le retour de Patrick? Serait-elle heureuse de rester à la maison et de compter les heures?

Elle avait appris avec consternation son changement de poste, mais n'acceptait-elle pas déjà l'affairement, la surexcitation, les inquiétudes de ses nouvelles fonctions. Elle n'avait pas travaillé dans une salle depuis quatre ans. Elle n'avait pas regretté les rapports personnels avec les malades. Peut-être parce que, aimant Patrick comme elle l'aimait, il lui suffisait de consacrer son habileté au talent de son mari.

Maintenant, en un clin d'œil, elle redevenait la surveillante Raine, responsable de tout un service plein d'accouchées et de bébés. Un service qui n'était pas particulièrement prospère et bien dirigé, car la surveillante qui en avait la charge n'était pas dans son élément. « Un défi », avait dit Hermione Kirtonberry et c'était bel et bien un défi.

Involontairement Inez leva la tête et redressa les épaules. Elle était, se dit-elle avec un amusement sardonique, comme un destrier qui sent la bataille.

6

– Enfin! s'écria Patrick Elbure. Je commençais à me demander si tu avais l'intention de passer la nuit à l'hôpital!

Inez consulta du regard la belle pendule sur la cheminée, cadeau de mariage des surveillantes de Saint-Chad. 9 heures 25? Il était donc si tard? Elle aurait dû téléphoner, mais elle n'avait pas eu une minute.

Elle jeta un coup d'œil repentant à son mari. Il était allongé dans un fauteuil près du feu... un feu éteint, à part quelques tisons rougeoyants. Un homme plus habitué aux tâches ménagères aurait allumé le feu. Un seau de charbon sans fumée, un panier de bûches encadraient la cheminée. Il n'était pas venu apparemment à l'esprit de Patrick d'en jeter dans l'âtre ou de se servir quelque chose à boire. Il n'y avait ni tasse ni verre sur le petit guéridon à côté de lui, seulement un journal encore bien plié.

– Oh! mon chéri, s'écria Inez d'une voix contrite mais avec un petit geste d'impatience. N'aurais-tu pu mettre une bûche dans le feu et te préparer une tasse de thé ou de café?

– Je t'attendais, répondit-il simplement. Je ne devinais pas que tu rentrerais si tard.

– Moi non plus. Mais j'ai été entraînée dans une série de petites urgences.

A la place de Patrick, Christopher Denyer aurait probablement demandé avec un intérêt sincère : « Quel genre d'urgences? » et elle lui aurait décrit sa soirée.

Patrick se contenta de hocher la tête comme si les urgences étaient leur pain quotidien et que seules les plus graves fussent dignes d'être mentionnées. Il avait l'air terriblement fatigué, Inez le remarqua anxieusement. Ses joues étaient creuses, ce qui était toujours chez lui un signe d'épuisement.

– Aimerais-tu un verre de cognac pendant que j'improvise un dîner? demanda-t-elle.

Il secoua la tête comme s'il était trop las pour parler. Elle eut pour lui un élan d'amour et de compassion tandis qu'elle se penchait pour ranimer le feu, bien qu'une faible mais désagréable impression d'être dupée se mêlât à ses sentiments.

Christopher l'aurait aidée à préparer un repas. En se dirigeant vers la cuisine, ils auraient parlé de ses malades et des siens. Ils auraient effleuré le sujet de Ruth Airdrie et de son avenir. Ils auraient discuté la situation dans la Maternité. Si Chris n'avait pas approuvé le changement de poste d'Inez, il l'aurait dit en termes énergiques.

Patrick ne trouvait jamais un soulagement rapide dans les mots. Plus ses sentiments étaient profonds, moins il les exprimait. Le silence était pour lui un bouclier et un refuge. En temps normal, Inez aurait usé de circonlocutions. Ce soir-là elle était fatiguée et obsédée par les nouveaux problèmes qui se posaient à elle.

– Bien entendu, tu as appris mon changement de poste? demanda-t-elle en s'agenouillant pour tisonner le feu.

Comme elle lui tournait le dos, elle ne vit pas son hochement de tête. Soudain ce silence obstiné, après les inquiétudes de la salle de travail, sa discussion avec Ruth Airdrie, l'effort qu'elle s'était imposé pour garder son calme en face de la directrice, fit flamber le feu qui couvait toujours en elle mais rarement jetait de hautes flammes.

– Eh bien! Dis quelque chose! Ne reste pas là à broyer du noir! ordonna-t-elle en tournant sur ses talons pour le regarder.

– Que veux-tu que je dise? En sortant de la salle d'opération, je suis allé chez la directrice. Elle a été polie mais inexorable. Certains membres du Conseil d'Administration, semble-t-il, lui ont fait des reproches. Cette espèce de directrice, continua-t-il, et sa belle lèvre supérieure esquissa une grimace, a eu le toupet de me dire que tu n'étais pas à ta place dans la salle d'opération et qu'on avait un besoin urgent de toi à la Maternité.

Sa colère évidente mais réprimée eut pour effet d'apaiser celle d'Inez.

– On a besoin de quelqu'un, dit-elle. Cette Maternité est un capharnaüm pour ne pas dire plus.

– De quelqu'un, soit. Pas de ma femme. La directrice m'a tellement exaspéré que j'étais sur le point de lui donner ta démission.

– Oh! s'écria Inez à la fois heureuse et effrayée de cette réaction. Tu n'aurais pas pu faire une chose pareille?

– Je n'aurais pas pu? Qui dit ça?

D'un mouvement rapide et souple, il se pencha vers elle, la saisit par les épaules et l'attira sur ses genoux.

– N'es-tu pas ma femme? C'est à moi que tu appartiens et non à ce sacré hôpital. Si je ne veux pas que tu sois ballottée d'un côté et de l'autre, selon le bon plaisir de cette nouvelle directrice, qui peut s'opposer à ma volonté?

– Calme-toi, je t'en prie, balbutia-t-elle.

Et elle fut réduite au silence par ses lèvres qui brutalement écrasaient les siennes.

Ce baiser ne résoudrait rien, pensa-t-elle prise de vertige, quelques minutes plus tard quand son uniforme gisant sur le tapis, elle se trouva docile et à demi nue sur le grand lit où Patrick l'avait emportée. Ils s'aimaient... ils étaient mari et femme... Patrick était un maître farouche et elle ne pouvait – elle n'avait jamais pu – lui résister.

Il montrait son pouvoir sur elle et c'était peut-être une satisfaction pour sa fierté masculine, il s'assurait ainsi qu'il régnait dans le cœur d'Inez, mais cela ne résoudrait aucun problème. Ils étaient encore chirurgien et infirmière; ils aimaient encore passionnément la tâche qu'ils avaient choisie autant qu'ils s'aimaient mutuellement. Autant? Oui, dans le cas de Patrick. Son travail était sa vie. On ne pouvait l'imaginer sans sa blouse et ses gants de chirurgien. Et dans le cas d'Inez? Si elle avait des enfants... si elle était convaincue que sa présence à la maison était indispensable, elle serait peut-être prête à abandonner son uniforme. Cependant elle l'envelopperait soigneusement, avec des boules de naphtaline, jusqu'au jour où elle aurait l'occasion de le remettre. Elle ne le donnerait pas et le garderait intact.

Même quand il faisait l'amour, Patrick ne pouvait être éloquent ou murmurer des mots tendres. Seules l'accélération de son cœur qui battait près du sien, sa respiration saccadée trahissaient l'intensité de sa passion. Avec ardeur, Inez répondait à son ardeur... mais elle ne pouvait chasser de son esprit un certain détachement. Patrick était son amour, son très cher amour, pourtant il n'était pas son maître. Il ne la possédait pas entièrement... Il ne pouvait pas l'enlever de Saint-Chad par caprice ou parce qu'une directrice lui disputait son droit de propriété sur sa femme, pensa Inez en se rebellant.

Quand enfin, épuisé mais calmé, il s'allongea près d'elle, ses deux mains dans les siennes, il dit d'une voix rauque mais avec un accent de triomphe :

– Tu es à moi... rien qu'à moi... ne l'oublie pas. Pourquoi te partagerais-je avec des salles pleines de gens qui ne méritent pas tes soins? Pourquoi te laisserais-je te fatiguer pour eux?

Elle eut sur le bout de la langue de riposter : « Pourquoi? Comment pourrais-tu m'en empêcher? Je ne suis pas ton bien... », mais elle refoula ces mots juste à temps.

Inutile d'entamer une discussion à cette heure tardive, alors qu'ils étaient tous les deux fatigués et affamés, se dit-elle. De toute évidence, la directrice avait exaspéré Patrick. Quand il serait d'humeur plus calme, il ne penserait plus à lui suggérer de quitter son métier.

– Il faut bien que je te partage avec Saint-Chad, fit-elle remarquer d'un ton léger.

– Ce n'est pas du tout la même chose.

– Vraiment? Pourquoi? Te crois-tu supérieur à moi? N'oublie pas que, de nos jours, hommes et femmes ont les mêmes droits.

– Allons donc! riposta Patrick. Tu es à moi. Si je préfère te garder à la maison, je te garderai.

Inez se souleva sur un coude et le défia du regard. Les yeux gris de Patrick étaient à demi fermés. Ses cils foncés paraissaient noirs contre la pâleur de ses joues et y jetaient une ombre violette. Depuis des années, une mèche blanche, pareille à une aigrette, semblait-il, s'était épaissie. Etait-ce un effet de l'imagination d'Inez ou les tempes de Patrick grisonnaient-elles? Elle se rappela avec un serrement de cœur qu'il aurait quarante ans le dimanche suivant. Il était son aîné de douze ans et souvent il parlait avec la voix d'une autre génération.

Elle était plus proche par l'âge de ce jeune rebelle audacieux, Sean O'Halloran, que de son mari. Patrick était plus proche de Ruth Airdrie et d'Ursula, la fille adoptive de sa belle-mère. Peut-être aussi d'Hermione Kirtonberry.

– Il est trop âgé pour toi, chérie, il a des habitudes trop ancrées, avait plaidé Molly Raine, six ans plus tôt.

Inez avait ri de cet avertissement. Ce n'était que rarement d'ailleurs qu'elle s'apercevait de ce fossé et s'en irritait; rarement aussi qu'elle éprouvait un regret, un désir de jeunesse et se le reprochait comme une trahison. A maints égards, Patrick était vieux pour son âge, avait-elle découvert, et n'avait pas la souplesse qui la caractérisait. D'un geste involontairement maternel, elle repoussa en arrière les cheveux qui tombaient sur le front de son mari.

– Repose-toi pendant que je fais une omelette, mon chéri, conseilla-t-elle tendrement.

– Ne prends pas cette peine. Je n'ai pas faim. C'est toi seule que je veux.

– Mais moi j'ai besoin de manger quelque chose. L'après-midi et la soirée ont été épuisants, déclara-t-elle d'un ton convaincu. D'abord maman est venue, je l'ai raccompagnée chez elle et Rosemary m'a sauté dessus.

– Ah? Oui?

Le ton de Patrick montrait qu'il s'en moquait éperdument. Mordant sa lèvre inférieure, Inez glissa du lit. Ce n'était évidemment pas le moment propice pour lui parler de la fille de la vieille amie de sa mère et des soupçons ridicules de Rosemary au sujet de Christopher. Pas aussi ridicules, peut-être, ces soupçons qu'Inez les avait jugés, pensa-t-elle avec un sourire forcé. Si Rosemary avait aperçu Ruth Airdrie sanglotant dans les bras de Christopher, elle aurait considéré qu'ils étaient justifiés.

Inez avait peine à croire que Chris avait été attiré par Ruth. Avant son mariage avec Rosemary, il n'avait de goût que pour les plus jolies filles comme Ursula, sa cousine Evelyn et Inez elle-même. C'était sans doute la pitié qui l'avait poussé vers Ruth. Par nature, Christopher était affectueux, impulsif, désirait être aimé... combinaison dangereuse pour un généraliste. Ses visites à la Maternité étaient « un rayon de soleil » ainsi que l'avait dit Ruth. Cette fille solitaire et anxieuse avait aimé se réchauffer à ce rayon de soleil, pouvait-on s'en étonner? Cependant, la prochaine fois que Chris s'attendrirait sur une surveillante, une infirmière ou une malade, les conséquences seraient peut-être plus désastreuses.

Inez aurait aimé discuter du problème du ménage de Christopher et de Rosemary, mais ce ne pouvait être avec Patrick, elle le comprenait. Patrick n'oublierait jamais que Christopher avait voulu épouser Inez et que Mrs Raine était favorable à cette union. Il ne comprendrait jamais qu'Inez avait de l'affection pour les deux jeunes gens sans être le moins du monde amoureuse de Christopher.

La plupart d'entre nous ont quelquefois besoin de se confier à quelqu'un, je suppose, pensa Inez tout en enfilant à la hâte un chemisier, un pull-over et un pantalon noir. L'idéal serait que l'on se confie au mari ou à l'épouse. Mais ce n'est pas toujours possible. Si Christopher avait essayé de parler de Ruth à sa femme, de lui expliquer ce qu'elle endurait à la Maternité, Rosemary en aurait tiré de fausses conclusions. Père est très compréhensif, mais je ne peux lui confier mes craintes au sujet de Chris. Il croirait peut-être que j'invente. Je regrette qu'Evelyn soit si loin...

Elle ne cherchait pas particulièrement la compagnie des femmes, Inez s'en rendait compte. Elle avait eu très peu d'amies intimes. Sa beauté, son intelligence, sa vitalité l'avaient rendue suspecte aux yeux des jeunes filles qui ne la connaissaient que superficiellement. Elle attirait les hommes qui l'admiraient, s'ils n'éprouvaient pas de sentiments plus tendres et les femmes de son âge lui en voulaient de ce magnétisme. Evelyn et Rosemary étaient ses deux meilleures amies, mais Evelyn habitait Waterfall, à cent cinquante kilomètres.

Quel soulagement c'eût été de se confier à Evelyn! Personne n'aurait dit qu'Evelyn était « supérieurement intelligente » mais elle avait une grande intuition, de la compassion pour les gens, qu'ils fussent mauvais ou bons, comme son père, le pasteur, et comme le Dr Raine. La compassion, la pitié, la bonté, la tendresse..., songea Inez avec nostalgie, auraient été les bienvenues ce soir. On ne l'avait jamais surnommée la douce Raine et on ne disait pas de Patrick qu'il était gentil.

Inez n'avait pas mis longtemps pour comprendre la vérité du jugement d'Evelyn : « C'est écrasant... terrifiant d'être aimée par Patrick. Il est inexorable... si exigeant. L'amour de Val est beaucoup plus tendre... »

Inez n'admettait pas que Patrick fût impitoyable, mais il était certainement exigeant. Elle passa un peigne dans ses cheveux soyeux tout ébouriffés et jeta un regard sur le lit immense. Patrick avait les yeux fermés et il respirait profondément. Il s'était endormi, épuisé mais détendu après cette journée de surexcitation.

Elle soupira et descendit sur la pointe des pieds. On ne peut tout avoir dans ce bas monde. Elle possédait l'amour de Patrick. Elle ne devait pas se plaindre de ce qu'il n'avait ni le temps ni l'envie d'entamer ce que sa mère appelait « une causerie cœur à cœur ». Excepté dans l'exercice de sa profession, Patrick ne pouvait être ni impartial ni objectif. Il n'était pas possible, par exemple, de parler avec lui de la nouvelle directrice sur un ton calme et d'analyser son caractère sans préjugés. Il était déjà son adversaire farouche. A première vue du moins on ne pouvait la trouver aimable, mais elle avait ses qualités et elle était intéressante à étudier. Ce n'était pas une sotte. Elle avait découvert le surmenage de Ruth Airdrie et l'avait, sans doute, sauvée juste à temps d'une grave dépression nerveuse.

« Mais pourquoi m'a-t-elle choisie pour remettre de l'ordre dans la Maternité? se demanda Inez avec perplexité. Pourquoi n'a-t-elle pas jeté son dévolu sur une surveillante plus âgée et plus expérimentée? »

La Maternité n'était pas le service le plus facile à diriger. D'abord les accouchées ne pouvaient pas être traitées de « malades » et donnaient rarement des inquiétudes. Ensuite, la plupart d'entre elles, qui se remettaient d'une heureuse naissance, étaient pénétrées de leur importance et portées à traiter les infirmières avec familiarité plutôt qu'avec déférence. Pour les malades graves, les infirmières prenaient la forme d'anges de miséricorde qui imposaient sans peine leur autorité. Aux yeux des jeunes mères satisfaites, elles n'étaient là que pour les servir et veiller à leur confort. Le règlement de l'hôpital était une gêne à laquelle on cherchait à se soustraire le plus souvent possible.

De tels problèmes ne s'étaient jamais posés à Inez. Pour une fois, elle avait besoin de conseils. Mais à qui les demander? Pas à son mari, assurément. A la moindre allusion à ses inquiétudes, il l'obligerait à donner sa démission.

« Si j'abandonne un jour, ce sera de mon propre gré, décida-t-elle en cassant des œufs dans une jatte avec une énergie inutile. Parce que le berceau vide sera sur le point d'avoir un occupant. Pas pour d'autres raisons. »

Elle battait vigoureusement les œufs quand elle entendit une voiture. Elle n'y fit guère attention si ce n'est pour être soulagée que Patrick fût endormi dans sa chambre. Si une ambulance amenait un malade grave ayant besoin d'une opération immédiate, le Dr Traymonde ou ce rouquin de Sean O'Halloran s'en chargerait. Patrick avait fait plus que sa part ce jour-là.

Les coups frappés à la porte d'entrée la surprirent. Personne ne venait jamais en passant faire un brin de causette chez les Elbure. D'ailleurs il était plus de 10 heures.

Les sourcils froncés, Inez arrêta de battre les œufs et alla ouvrir la porte. Elle se trouva devant une petite silhouette dont un duffle-coat dissimulait les formes, et qui pouvait être une fille ou un garçon.

– Que désirez-vous? demanda-t-elle en levant les sourcils.

– Excusez-moi d'arriver si tard, mais j'ai vu que vous aviez de la lumière et je savais que vous n'étiez pas couchés, répondit une voix contrite, plutôt enfantine, qui ne pouvait appartenir qu'à une femme. Je vous en prie, voulez-vous payer le taxi? Je n'ai pas changé assez d'argent et le chauffeur n'accepte pas de dollars.

– Grand Dieu! murmura Inez. Des dollars! Vous êtes Billie... C'est la fin rêvée pour cette journée.

7

– Je n'ai pas été très maligne, n'est-ce pas? J'ai bien essayé de vous téléphoner de la gare d'Exeter, mais on n'a pas répondu. C'était démoralisant de ne pas trouver de train pour Saxham, expliqua Billie d'un ton d'excuse. On m'a dit de m'arrêter à Newton Abbot, c'est ce que j'ai fait.

– Et à Newton vous avez pris un taxi? Cela doit coûter les yeux de la tête!

– Dix livres, m'a dit le chauffeur. Ah! le voici avec mes bagages. Pouvez-vous me prêter dix livres? demanda Billie. J'ai cinq cents dollars dans mon sac mais il ne veut pas de dollars.

Une fois le chauffeur payé, Inez regarda la pile de bagages posée dans le couloir et la petite silhouette dans son duffle-coat.

– Je suis une calamité, je le sens. Mais... vous êtes Inez Raine, n'est-ce pas? Devrais-je dire Inez Elbure? Et vous m'attendiez? demanda Billie. Ne me dites pas que je me suis trompée de maison!

– Non. En fait, ma mère m'a appris votre existence seulement cet après-midi. Je ne savais pas que vous arriveriez si tôt.

– Oh les mères! s'exclama Billie avec un geste expressif. Elles ont tout manigancé entre elles... votre mère et la mienne. Ma mère ne m'a pas consultée et je suppose que la vôtre ne vous a pas non plus demandé votre avis? Eh bien, ne prenons pas les choses trop à cœur. Je trouverai bientôt une autre piaule.

– Je vous en prie, n'imaginez pas que vous êtes indésirable! Simplement je ne vous attendais pas. Il n'y a pas longtemps que je suis rentrée de l'hôpital. Nous n'avons pas encore dîné, se hâta d'expliquer Inez. Je suis en train de faire une omelette.

Cette fille n'aurait pu arriver plus mal à propos! Dans la chambre d'ami, le lit était toujours fait, mais il faudrait y mettre une couverture électrique; le radiateur, même branché maintenant, n'apporterait pas avant minuit un peu de chaleur dans l'atmosphère glacée de janvier. Drôle de façon de souhaiter la bienvenue, pensa Inez exaspérée, mais à qui la faute? Pas la sienne, puisqu'elle n'avait été avertie de la venue de Billie qu'au moment où elle reprenait son service à l'hôpital.

– Ma mère a été terriblement vague. Elle n'a aucune notion du temps et des dates. Cela ne fait rien, répliqua Billie. Puis-je avoir simplement une boisson chaude et un lit pour la nuit, cela suffira, je ne m'incrusterai pas. Ce n'est pas moi qui ai eu cette idée. C'est ma mère... Elle s'inquiète pour son bébé, pour calmer ses remords de conscience.

– Oh! A cause de son remariage?

– Exactement! s'écria Billie en appuyant avec force sur ce mot. Il était d'abord mon soupirant, mais ma mère a l'idée fausse qu'elle me l'a chipé. Je ne pouvais pas lui faire de peine en lui disant que, si je l'avais aimé, je l'aurais gardé. Elle aime l'argent et elle est encore bien pour son âge, mais elle n'est plus de la première jeunesse...

– Non... je le suppose..., dit Inez légèrement abasourdie. Montez faire un brin de toilette...

Elle saisit deux valises dans la pile près de la porte. Billie prit les trois autres et la suivit.

– Vous pouvez vous débrouiller? Sinon mon mari nous aidera, proposa Inez pour la forme.

– Je suis forte comme un Turc, assura Billie. Où est

le grand homme? Il fait des miracles dans la salle d'opération?

– Il a fini sa tâche pour la journée. Il se prépare à venir dîner, répliqua brièvement Inez.

– Je ne me moquais pas de lui, annonça Billie comme si elle avait deviné la réaction d'Inez. Mon père avait une très grande estime pour Patrick Elbure, elle datait du séjour que votre mari a fait aux Etats-Unis, mais il n'était pas encore votre mari, n'est-ce pas? Le bruit a couru que des fiançailles rompues lui avaient brisé le cœur. Si c'est vrai, il s'est guéri très rapidement.

– Il avait fait une mauvaise chute et s'était cassé la main droite et le poignet, expliqua Inez en mordant sa lèvre inférieure. C'est une période que nous préférons oublier.

– Excusez-moi! Je n'ouvrirai plus la bouche sur ce sujet. Je suis au courant parce qu'il y avait eu une conférence spéciale à la faculté de médecine des Etats-Unis. Mon père en faisait partie pendant le séjour de Patrick Elbure. Papa s'intéressait à lui parce qu'il avait aussi exercé à Saint-Chad. Vous le savez?

– Je l'ai entendu dire.

– Bien entendu, votre père et le mien continuaient à s'écrire. J'ai beaucoup entendu parler de votre père et de votre mère. Tous les détails ne se sont pas gravés dans ma mémoire. On ne s'emballe pas sur les vieux copains de ses parents, n'est-ce pas? avoua franchement Billie. Mais je tiens beaucoup à faire la connaissance du « docteur Raine ». Papa pensait tant de bien de lui.

Inez réprima un soupir. Cette fille ne cesserait-elle jamais de parler? Sa voix claire, chantante, agréable, avait un très léger accent d'outre-Atlantique. Elle coulait sans s'arrêter comme un robinet qui fuit.

– C'est très joli! De très bon goût! s'écria Billie

quand Inez eut posé les valises dans la chambre à coucher et placé une couverture électrique dans le lit. On ne dirait pas que cette pièce a été habitée. J'ai l'impression de me trouver dans la vitrine d'un magasin.

– Nous ne sommes pas dans cette maison depuis longtemps.

– Non? dit Billie qui inspectait avec approbation le mobilier et les rideaux pour lesquels Inez avait choisi du vert et du rose pâle. Ravissant mais un peu jeune fille pour votre humble servante et il fait frisquet. Vous n'avez pas le chauffage central?

– Non. Mon mari juge que c'est malsain. Et dans une maison de cette dimension, il nous coûterait les yeux de la tête. Il y a un chauffage qui se mettra en marche à minuit et je brancherai le radiateur électrique.

Elle serait obligée de ranimer le feu de la salle à manger, d'ouvrir une boîte de soupe, de battre d'autres œufs... et le lendemain matin elle prendrait officiellement ses fonctions à la Maternité, pensa Inez avec irritation. Veuille le ciel que la visiteuse ne reste pas à babiller jusqu'à minuit de leurs parents respectifs! Pour commencer, cependant, il fallait avertir Patrick.

Il dormait encore paisiblement, mais il s'éveilla aussitôt au contact léger des lèvres d'Inez sur son front. Il s'étira languissamment et lui sourit.

– C'était délicieux..., murmura-t-il. Le dîner est prêt?

– Qui a dit qu'il ne voulait rien manger? Accorde-moi encore dix minutes, répondit-elle avec une gaieté forcée. Je regrette d'avoir à te l'annoncer, mais un événement imprévu est arrivé.

– A l'hôpital?

– Non. Pas encore. Ici même. Je ne sais si tu as jamais entendu parler d'un certain Dr William Primmer, contemporain de mon père?

– Bill Primmer? Bien sûr! Et même je l'ai connu. Quand j'étais aux Etats-Unis. De quoi s'agit-il?

Aussi brièvement qu'elle le put, Inez lui fit part de l'arrivée de Billie.

– A quoi pensait ta mère de nous fourrer cette fille sur les bras sans avertissement? fit-il remarquer. Pourquoi n'est-elle pas restée aux Safrans?

– Parce qu'elle commence à travailler lundi à Saint-Chad. Elle dit qu'elle logera ailleurs dès qu'elle pourra. Je suppose qu'elle pourra partager un appartement avec une autre infirmière, déclara Inez pour le rassurer. Nous sommes obligés de la garder jusqu'à lundi, j'en ai peur. Je suis désolée!

– Eh bien, fit Patrick qui se souleva et haussa ses épaules maigres, nous n'en mourrons probablement pas. Nous ne pouvons pas chasser la fille de Bill Primmer. C'était un chic type. Et si elle a été élevée au Canada, elle doit être indépendante et capable de se débrouiller.

– Espérons-le! dit Inez, et elle descendit en courant.

En ouvrant une soupe de gibier savoureuse et coûteuse, Inez bénit Evelyn de l'avoir aidée à remplir son placard de provisions. Evelyn passait la plus grande partie de son temps dans ce calme village de Cornouailles, ou au presbytère, ou aux Sources. Quelquefois elle accompagnait Val quand son travail l'obligeait à se déplacer. Elle était habituée à exercer ses talents de ménagère, un peu partout et dans toutes les conditions.

– Remplis ton congélateur, avait-elle conseillé à Inez. C'est une économie de temps et d'argent. Mais garde toujours une réserve de boîtes de conserve pour l'imprévu puisqu'on ne peut pas dégeler en quelques minutes de la viande ou des légumes.

Inez versa la soupe dans une casserole, remua avec une cuiller, la mit à mijoter et se précipita dans la salle de séjour pour tisonner le feu et pour dresser le couvert sur la table ronde qui pouvait être rapprochée de la cheminée.

Les assiettes étaient au chaud, la soupe chantonnait quand Billie fit son apparition.

– Est-ce que je peux vous aider? Mettre la table ou faire autre chose? demanda-t-elle. Je ne veux pas être traitée en visiteuse... je vous en prie!

– Tout est prêt.

Inez se détourna de la cuisinière pour adresser un sourire amical à la jeune fille et ouvrit de grands yeux. Le capuchon et le duffle-coat n'avaient pas laissé soupçonner ce qu'ils cachaient. Débarrassée d'eux, Billie se révélait petite et robuste dans un élégant tailleur-pantalon d'un bleu saphir accompagné d'un chemisier blanc tout plissé. Des boucles plus dorées que cuivrées encadraient un visage en forme de cœur avec un petit nez retroussé, des yeux étincelants d'un bleu saphir, une bouche au sourire délicieux.

Détaillés un à un, ces traits, à part des yeux brillants, n'avaient rien d'extraordinaire, décida Inez perplexe, cependant l'ensemble était ravissant. Et sa beauté ne devait rien à l'art. Ses boucles abondantes d'une teinte dorée n'étaient pas l'œuvre d'un coiffeur, à moins qu'Inez ne se trompât beaucoup; ce teint de lis et de roses ne devait rien aux crèmes des parfumeurs et ces petites dents égales, d'une blancheur éblouissante, de toute évidence étaient un don de la nature.

– J'ai rencontré le grand homme sur le palier. Il est formidable, non? Il fait tout à fait héros de tragédie, comme dans mes souvenirs, avec sa haute taille, sa maigreur, cette mèche blanche dans ses cheveux, déclara Billie. Il dit qu'il se souvient de moi mais je pense que c'est par politesse ou bien il me confond avec ma sœur aînée. J'étais une gosse pleine de taches de rousseur, avec un appareil sur les dents, quand il a passé un week-end chez nous, au bord du lac. Janey, c'est ma sœur, a eu aussitôt le béguin pour lui; moi aussi bien entendu.

– Oh! Je ne savais pas que Patrick avait séjourné chez vous.

– Seulement un week-end, dans notre maison de campagne.

Inez, d'ailleurs, ne savait pour ainsi dire rien du séjour que Patrick avait fait aux Etats-Unis, elle s'en rendit compte. Il n'en avait pas parlé et elle n'avait éprouvé aucune curiosité. C'était au retour de Patrick à Saint-Chad qu'elle avait fait sa connaissance.

D'abord par les commérages de l'hôpital, ensuite par Rosemary et enfin par Evelyn, Inez avait appris que Patrick avait aimé Evelyn. Elle avait d'abord craint que seule sa ressemblance avec Evelyn eût attiré Patrick vers elle. Mais ses inquiétudes furent dissipées après sa première visite aux Sources. Dès qu'elle avait connu Evelyn, Inez s'était rendu compte que cette ressemblance était légère et superficielle. Elle avait bientôt aimé Evelyn comme une sœur. Visiblement Evelyn n'avait de pensées que pour Val et ses enfants et, après avoir jeté quelques étincelles, la jalousie s'était éteinte.

Aux Sources, Inez avait appris de nombreux détails sur l'enfance et l'adolescence de Patrick, mais elle ignorait encore beaucoup de choses de son passé. C'était inévitable, bien entendu. Lui-même était encore moins bien informé sur ses années d'études à elle. C'était probablement préférable pour la paix de son esprit. Certains maris sont fiers que leur femme ait été admirée. Patrick ne faisait pas partie du nombre. Il voulait être sûr d'avoir des droits exclusifs sur celle qu'il avait épousée.

Il descendait au moment où Inez poussait dans la salle de séjour une table roulante chargée de bols de soupe fumante et de petits pains réchauffés à la hâte. Billie l'accueillit comme le plus cher et le plus ancien des amis. Son manque total de timidité dissipa toute gêne. Elle se conduisait comme si elle jugeait tout à fait normal de dîner à 10 heures et demie. Gaiement et spirituellement, elle expliqua les raisons de son arrivée tardive.

Un charmant Ecossais dans l'avion l'avait convaincue de visiter un peu Edimbourg avant de prendre la direction du sud. Après avoir quitté sa mère et son nouveau beau-père dans les Highlands, elle s'était donc arrêtée à Edimbourg et le jeune Ecossais l'avait entraînée « dans un grand tourbillon ». Ils avaient dansé toute la nuit, elle avait manqué son train et s'était laissé persuader de passer une autre journée à Edimbourg.

Quand elle était arrivée à Londres en compagnie d'un jeune ménage « adorable », elle avait accepté une invitation à déjeuner et un petit tour dans le West End.

– Il ne m'est pas venu à l'esprit qu'il pouvait ne pas y avoir de train pour le Devon toutes les demi-heures. Je dois vous faire l'effet d'une belle idiote, conclut-elle d'un ton d'excuse.

– Belle, certainement, mais pas idiote, protesta Patrick en souriant. Vous savez si bien vous exprimer.

– Vous seriez surpris : il y a des moments où je ne trouve pas les mots qu'il faut, reprit Billie avec conviction. Le nouveau mari de maman me traite de moulin à paroles, mais je ne sais parler que de choses sans importance. Quand je suis peinée ou effrayée, je reste muette.

On n'eût jamais dit, à la voir et à l'entendre, qu'elle fût « l'enfant à problèmes », victime d'un amour malheureux et d'un fiancé jaloux, que Molly avait décrite à sa fille. Jusqu'à maintenant tout au moins. Quand, soudain, ses yeux brillants s'obscurcirent et sa voix prit un ton mélancolique.

Avec un peu d'encouragement, Billie pourrait raconter le roman de sa vie amoureuse, pensa ironiquement Inez qui avait déjà eu une journée assez éprouvante.

– Comme nous tous, dit-elle brièvement. Excusez-moi, il faut que j'aille faire cuire l'omelette.

8

– Elle est furieuse contre moi, n'est-ce pas? Je devine toujours ces choses-là, observa Billie d'un ton lugubre. Vous l'êtes aussi mais vous avez la bonté de ne pas le montrer.

– Furieuse? répéta Patrick comme s'il ne comprenait pas.

– Parce que je suis tombée sur vous sans prévenir. Mais je vous le jure, ce n'est pas ma faute, maman n'a pas voulu m'écouter. Elle avait des remords, la pauvre chérie, et elle voulait absolument me dédommager, expliqua Billie. Papa désirait que je fasse mes études à Saint-Chad, mais il avait le cœur malade et je ne voulais pas m'éloigner de lui. Maintenant, maman sait que j'ai eu un grand chagrin d'amour et elle a proposé un voyage en Angleterre. Je ne tenais pas à être une simple touriste. J'aurais eu trop de temps pour penser à moi-même.

– La mort de votre père? Le remariage de votre mère?

En général, Patrick éprouvait la plus grande indifférence pour les gens et pour leurs sentiments mais ces yeux d'un bleu si vif qui le regardaient d'un air suppliant faisaient vibrer une corde dans sa mémoire. Il avait été un étranger sur une terre étrangère, malade de nostalgie pour Saint-Chad, incapable de fraterniser avec ses nouveaux confrères, mortellement inquiet pour son poignet et sa main qui risquaient de rester paralysés. Sa rupture avec Evelyn, Inez l'imaginait, ne l'affligeait pas. Il en voulait amèrement à Evelyn parce que, indirectement, elle était responsable de l'accident qui ruinerait peut-être sa carrière. Comme si elle ne lui avait pas fait assez de mal, elle l'avait accusé d'être dur et inhumain, l'avait quitté et s'était jetée dans les bras de son frère, qui lui offrait un plus tendre amour.

Cette période dans la vie de Patrick avait été une période noire; pas la seule mais la plus pénible. Puis dans la foule trop cordiale de ce progrès où il se sentait dépaysé et ahuri, une voix anglaise l'avait interpellé, il avait eu devant lui un sourire amical et deux yeux d'un bleu vif.

– C'est un peu affolant, n'est-ce pas? Il faut s'y habituer. Toutes ces tapes sur l'épaule et toutes ces réceptions, disait la voix qui semblait familière. On vous demande de vous conduire comme un étudiant dans un bal masqué et ça n'a pas l'air de vous plaire beaucoup. Il n'y avait pas de bal masqué à Saint-Chad. Du moins de mon temps.

Patrick avait entendu parler de Bill Primmer, contemporain et ami du Dr Raine. Contrairement à Richard Raine, Bill Primmer avait été un boute-en-train et un prince charmant pour beaucoup trop de jeunes infirmières inflammables. Des torrents de larmes avaient été versés quand il leur avait donné le baiser d'adieu et annoncé son mariage avec la fille unique du plus riche fermier de Saxham.

Ce week-end dans la maison de campagne près du lac, dans la compagnie apaisante de Bill, Jane et de leurs deux filles, avait été pour Patrick un moment décisif. Il avait commencé à se détendre. Il s'était mis à parler à Bill Primmer comme il n'avait jamais pu parler à son son père gai et terre-à-terre. Il n'ignorait pas qu'il avait représenté pour Willoughby Elbure une amère déception et une énigme. Pour se comprendre le père et le fils avaient dû avoir recours à Val ou à Ursula Shelley.

Patrick se souvenait encore du soulagement qu'il avait trouvé à se confier à Bill Primmer car Bill appartenait à son propre univers, tout en étant beaucoup plus expérimenté et beaucoup plus cultivé que lui. A cet oncle bienveillant et compréhensif qu'il ne reverrait peut-être jamais, il pouvait avouer la peur qui l'obsédait – la peur de n'être plus capable d'opérer – alors qu'il n'en avait jamais soufflé mot aux siens. Ni son père ni sa belle-mère n'avaient soupçonné sa panique et il n'aurait pu aborder ce sujet avec son frère sans avoir l'air d'accuser Evelyn. Bill Primmer avait envisagé le problème avec calme et impartialité.

Un traumatisme peut avoir des conséquences pendant des années, avait-il admis, mais plutôt chez des enfants que chez des adultes. A son avis, cette paralysie démoralisante cesserait aussi rapidement qu'elle avait commencé.

– C'est le résultat d'un amour malheureux plutôt que d'une blessure physique et, si vous étiez sincère avec vous-même, vous reconnaîtriez que cet amour vous ne l'aviez pas choisi, avait dit Bill Primmer. Depuis son enfance vous aviez pour cette petite Evelyn une affection fraternelle. Quand elle s'est imaginé être amoureuse de vous, vous n'avez pas eu envie d'annoncer vos fiançailles. Vous avez insisté pour que ce soit un secret entre elle et vous. Pourquoi? Pas seulement par crainte des commérages de l'hôpital, ainsi que vous le prétendiez, mais parce que, au fond de votre esprit, vous n'étiez pas convaincu qu'Evelyn fût vraiment l'épouse qu'il vous fallait.

– Je faisais certainement des réserves. Elle était si impulsive, si sentimentale. Je ne pouvais m'empêcher d'être gêné par son manque d'équilibre. Et, après la catastrophe, elle a craqué et s'est enfuie chez elle... Mais être rejeté, au moment où j'avais pris la résolution de l'épouser, cela a été pour moi un grand choc.

– C'est naturel. Votre fierté a été blessée. De plus, quand nous nous décidons à faire un sacrifice, c'est humiliant que ce sacrifice ne soit pas accepté.

Patrick avait fait un signe d'acquiescement.

– Par bonheur, une blessure de ce genre se cicatrise vite. Vous ne commettrez pas de nouveau la même erreur. La prochaine fois, vous serez le chasseur, pas le gibier.

– Il n'y aura pas de prochaine fois, avait déclaré Patrick, et Bill avait souri.

– Que pariez-vous? Il y aura une autre jeune fille et quand vous serez amoureux d'elle, vos forces vous reviendront. Vous oublierez ce traumatisme.

La prophétie de Bill s'était réalisée de point en point. Les traits bien ciselés et d'habitude austères de Patrick se détendirent en un sourire de réminiscence. Il regarda avec bonté la fille de Bill Primmer.

– Deux coups durs l'un après l'autre, dit-il. C'est trop.

– Oui. Bien sûr papa me manque terriblement. Nous n'avons jamais été très proches, maman et moi... Je suis contente pour elle qu'elle se soit remariée avec Ian. Elle a dix ans de plus que lui, mais c'est un de ces hommes qui aiment à s'appuyer sur une femme plus âgée. Je crois donc qu'ils seront très heureux. Il y a eu d'autres complications plutôt bouleversantes. Je devais me marier en septembre dernier.

– Que s'est-il passé? Vous avez changé d'avis? demanda Patrick d'un ton qui pour lui était indulgent. Ce sont des choses qui arrivent.

– Oh non! Je n'ai pas changé d'avis. C'est lui, avoua Billie avec sincérité. Il m'a dit que je n'étais pas assez sérieuse pour lui.

La plupart des hommes auraient eu une réplique rassurante et flatteuse. Patrick lui adressa un regard scrutateur.

– Est-ce vrai? interrogea-t-il.

Les joues de Billie s'empourprèrent et ses yeux parurent encore plus bleus.

– Il m'a dit que j'avais un cœur d'artichaut. Simplement parce que j'aime m'amuser et que je ne sais pas dire non. Il travaillait avec tant d'acharnement qu'il n'avait jamais le temps de sortir et moi je ne pouvais pas rester assise à côté de lui comme une poupée de cire.

– Vous sortiez avec d'autres jeunes gens?

– Aucune loi ne le défend, déclara-t-elle en levant son joli menton pointu. Cela n'avait aucune importance, je le savais... ils le savaient... mais lui, semblait-il, se faisait des idées. Puis il y a eu des commérages affreux sur moi et un des médecins de l'hôpital... c'est sa chipie de femme qui les a mis en circulation et mon fiancé m'a dit que je n'étais pas prête à me marier et à me conduire en femme sérieuse. Il a rompu.

– C'est dur, mais vous l'avez mérité, fit remarquer Patrick sans chaleur. Aucun homme digne de ce nom ne tient à partager sa fiancée avec un autre. Que cherchiez-vous? Un mari prêt à changer d'épouse après une année de mariage?

– C'est un coup bas, répliqua Billie en le regardant d'un air de reproche. J'aimais mon fiancé. Je l'aime encore. Mais je ne voyais pas pourquoi j'aurais perdu mon temps. J'ai versé toutes les larmes de mon corps après lui avoir rendu sa bague.

– Et maintenant vous venez ici pour faire de nouvelles conquêtes?

Elle s'empourpra de nouveau.

– Non. Pas du tout. J'ai décidé de passer quelque temps à Saint-Chad pour prouver que je suis capable de travailler. Il a l'intention de se spécialiser en gynécologie, je vais donc faire des études de sage-femme. Si cela ne lui montre pas que je suis sérieuse, que faut-il que je fasse?

– Pourquoi Saint-Chad?

– A cause de papa, et aussi parce que maman a jugé que je devais m'en aller très loin de ces odieux commérages... De plus elle était contente de se débarrasser de moi... Son nouveau mari a eu le béguin pour moi avant de faire sa connaissance. Tous les deux préfèrent l'oublier. Ne prenez pas cet air rébarbatif. Je vous scandalise?

Inez, qui apportait l'omelette, arriva juste à temps pour entendre la réponse de Patrick.

– Pas plus qu'à un autre homme, on ne peut me demander d'approuver qu'une jeune fille flirte avec tous les garçons qu'elle rencontre.

– Vous croyez ça? « Plus vous en avez connu d'autres, moins vous vous contenterez de mon amour », a écrit Kipling. Je ne suis pas d'accord. Si une fille n'a pas des tas d'amoureux comment peut-elle être sûre et certaine de choisir le type fait pour elle? demanda Billie avec fougue. Qu'en pensez-vous, Inez?

– Je suis mauvais juge. Je n'ai jamais eu le temps de flirter quand je faisais mes études. Je redoutais les complications sentimentales, répondit Inez. Et je savais que je ne me fixerais jamais loin de Saint-Chad.

– Avec votre beauté, vous deviez être le point de mire de tous les hommes, insista Billie.

– Ce n'est pas le souvenir que j'ai gardé.

Elle avait toujours eu une certaine réserve, une attitude froide et indépendante à l'égard des hommes. Peu facile à contenter, elle éprouvait du mépris pour les amours faciles et passagères, mépris qui, supposait-elle, tenait les jeunes gens à distance. Dans ce grand hôpital de Londres, aucun médecin, interne ou étudiant n'avait pu se flatter d'émouvoir le cœur d'Inez et n'avait vu en elle une proie possible. Bien entendu, à l'époque où elle faisait ses études, les jeunes étaient de mœurs beaucoup moins libres, mais, s'il en avait été autrement, elle ne se fût pas prêtée à des jeux érotiques.

Pendant qu'ils commençaient à savourer la délicieuse omelette, Inez détailla Billie. Il n'était plus de mode d'être « jolie » mais Billie en n'importe quel siècle eût été proclamée charmante.

– Vous avez eu des chagrins d'amour? demanda Inez.

– J'en ai eu. Mais Patrick pense que je les ai mérités. J'avais du plaisir à être une reine entourée d'une cour de soupirants, expliqua naïvement Billie. Je ne me rendais pas compte qu'il est très facile de coller sur vous une étiquette fausse.

– Vous le savez maintenant, lui rappela Patrick. Ne faites plus la même erreur.

– Oh non! s'écria Billie d'un ton convaincu. Vous avez devant vous une fille repentie.

Inez eut un sourire poli. Elle n'éprouvait pas le moindre intérêt pour l'invitée qu'on lui avait imposée ou les chagrins d'amour de cette invitée, pensa Billie avec gêne. Inez en voulait peut-être même à l'intruse...

« Je n'aurais pas dû permettre à maman de disposer ainsi de moi. A l'en croire, Mrs Raine était prête à m'accueillir les bras ouverts. Pourquoi m'a-t-elle refilée à sa fille et à son gendre? se demanda Billie. Zut! C'est très embarrassant. Je ne peux pas aller m'installer demain dans un hôtel. Cela fâcherait Mrs Raine et serait un affront pour Inez. »

Son désir instinctif de plaire qui, bien qu'elle ne s'en rendît pas compte, avait été la principale cause de la rupture de ses fiançailles, poussa Billie à changer de sujet de conversation et à passer de ses affaires à celles des Elbure. Elle posa sur Saint-Chad des questions qu'elle espérait intelligentes.

– J'ai reçu de la directrice une lettre adorable. Elle affirme qu'elle sera heureuse de faire la connaissance de la fille de Bill Primmer. Papa m'a beaucoup parlé d'elle.

– Malheureusement, elle n'est plus à Saint-Chad. Elle a pris sa retraite. Notre nouvelle directrice est tout à fait différente, annonça Inez. Elle change tout et elle est contre les traditions.

– L'hôpital n'est plus ce qu'il était du temps de votre père, renchérit Patrick d'un air sombre. De vraies grèves, des grèves perlées, un refus des heures supplémentaires, beaucoup trop de paperasses. Autrefois chacun s'efforçait de faire son travail le mieux possible. Maintenant l'atmosphère est trop tendue pour être agréable.

– J'ai lu des articles sur les contestations des jeunes médecins. Ce n'est pas encore fini? demanda Billie d'un ton qu'elle espérait suffisamment léger.

– Pas encore. Et on ne sait jamais si on pourra trouver un interne après les heures de service, répondit Inez. (Et après avoir jeté un regard à son mari, elle ajouta :) Je dois reconnaître que ce rouquin qui est ta bête noire a été admirable ce soir. Harriet Lockwood était censée s'occuper de Mrs Bruce, la femme du vétérinaire, mais elle n'était plus de service et on n'a pas pu mettre la main sur elle. C'était une délivrance par le siège et j'ai envoyé un S.O.S. O'Halloran a fait son apparition : « Je proteste », a-t-il déclaré, mais il s'est tiré d'affaire comme s'il n'avait fait que ça toute sa vie.

– C'est bien là le drame! Ce garçon a de l'étoffe. Pourquoi ne peut-il pas se contenter de faire son travail au lieu de se conduire comme un agitateur professionnel? demanda Patrick.

Billie sentait que son cœur battait la chamade. Sean était donc encore à Saint-Chad? Et encore passionnément attaché à ses droits? Il était si généreux, si ardent à défendre les intérêts d'autrui. Pour lui , ni demi-mesure ni compromis. Malgré elle, Billie était fière de sa volonté d'acier bien qu'elle eût souvent déploré « son obstination de mule ». Elle jeta un ballon d'essai.

– Faire beaucoup de bruit, c'est, semble-t-il, le seul moyen d'arriver à quelque chose, de nos jours.

– Quand j'étais jeune interne, nous ne pensions pas à observer des horaires stricts ou à gagner de l'argent. Nous ne pensions qu'à apprendre, répliqua Patrick. On ne devient pas médecin ou chirurgien pour amasser une fortune.

– Bien sûr, mais il faut vivre. Vous êtes riche. Tout le monde n'a pas cette chance...

Billie avait été sur le point de dire : « Sean n'a pas cette chance... »

C'était un des griefs de sa mère contre Sean. Jane, qui n'avait jamais manqué d'argent dans sa vie, avait une profonde horreur de la pauvreté, elle en parlait comme d'une maladie mortelle.

– C'est vrai, ses parents sont morts et son oncle est un petit boutiquier. Sean travaille pour payer ses études. Est-ce une honte, maman? avait demandé Billie à sa mère d'un ton de défi.

– Ce n'est pas un parti convenable. Pourquoi ces Irlandais au caractère violent ont-ils tant de prestige? C'est une chose que je ne peux pas comprendre, avait déclaré Jane sans répondre à la question. Ce jeune homme ne gagnera jamais assez d'argent et il sera toujours à couteaux tirés avec ses chefs.

– Son père était irlandais, mais sa mère était aussi anglaise que toi et il est né en Angleterre comme moi. Il n'a aucun prestige à mes yeux. Je l'aime, voilà tout.

– Pour combien de temps? Tu as déjà été amoureuse cinq ou six fois et cela t'a passé.

– Cette fois c'est pour toujours. J'épouserai Sean. Tu n'as qu'à te résigner à l'accepter, avait répliqué résolument Billie.

Sa mère n'avait pas approuvé les fiançailles secrètes, mais son orgueil maternel s'était rebellé lorsque Sean avait rompu avec Billie. « Je te l'avais bien dit, avait-elle déclaré. Mais elle avait ajouté : ce garçon est un sot. Ne pense plus à lui, ma chérie! Tu as besoin d'un changement complet d'horizon. »

Il avait fallu beaucoup de tact, de manœuvres et de patience pour mettre l'idée de Saint-Chad dans l'esprit de sa mère jusqu'à ce que finalement Jane crût que la suggestion venait d'elle. Elle n'avait pas soupçonné que sa fille était bien décidée à suivre l'amoureux infidèle...

Personne ne devait deviner qu'elle ne venait à Saint-Chad que pour rejoindre Sean... et le convaincre qu'elle n'avait pas un cœur d'artichaut. Elle serait obligée d'être prudente et de tenir sa langue, se dit Billie.

9

– Vous êtes sûre que vous êtes capable de vous débrouiller? demanda Inez comme si la réponse lui importait peu. Il faut que je sois à la Maternité à huit heures pour remplacer la surveillante de nuit. Vous trouverez du bacon, des œufs et du lait dans le réfrigérateur pour votre petit déjeuner. Il y a des côtelettes et des steaks dans le congélateur, si vous voulez manger ici à midi.

– Et Patrick? demanda Billie.

– Le matin il ne prend que du pain grillé et du café et il déjeune à Saint-Chad.

Inez partit, nette et séduisante dans son uniforme de surveillante, laissant le café au chaud dans une cafetière de porcelaine sur la cuisinière.

Du café et du pain grillé, ce n'était pas un bon début pour la journée, de l'avis de Billie. Quand Patrick fit son apparition, elle avait préparé deux énormes assiettées de bacon et d'œufs.

– Bonjour! dit-il. Qu'est-ce qui sent si bon?

– J'ai fait frire du bacon et des œufs pour nous.

– Vous n'auriez pas dû prendre cette peine. D'habitude, je mange du pain grillé avec de la confiture d'oranges. Rien de cuisiné.

– Papa disait qu'il faut commencer la journée par un petit déjeuner confortable. Souvent à midi, il n'avait que le temps d'un casse-croûte, mais il prétendait que cela lui suffisait s'il avait dans le ventre un bon petit déjeuner, répondit Billie avec conviction. Voulez-vous du bacon et des œufs?

– Oui, bien sûr, si vous les avez déjà préparés.

La fille de Bill Primmer était une gosse jolie et gaie, se rappela-t-il, et elle n'avait changé que pour s'épanouir et gagner un charme qui allait droit au cœur. Elle était encore amicale, franche et naïve. Ce matin, elle était comme une petite fille qui joue à la maîtresse de maison.

– Vous êtes une excellente cuisinière, déclara Patrick après quelques bouchées.

– J'adore faire la cuisine. Au fond de moi-même, je suis une chatte qui aime le foyer, affirma-t-elle.

– Excepté quand vous vous égarez dans les bois!

Elle était vraiment ravissante quand elle rougissait. Quel imbécile, le type qui avait rompu avec elle! pensa Patrick. Elle était jeune et coquette, mais le fond était bon. Elle avait simplement besoin d'un mari patient qui tienne fermement les rênes. Elle paraissait intelligente et avait l'air de s'intéresser sincèrement à l'hôpital.

– Croyez-vous que je doive me présenter tout de suite à la directrice ou vaut-il mieux que j'attende jusqu'à lundi? demanda-t-elle en versant du café dans la tasse de Patrick.

– Téléphonez pour savoir si elle veut vous voir, conseilla Patrick. Qu'allez-vous faire toute la journée?

– Je pense que je ferais bien d'aller à West Wheystone cet après-midi pour rendre visite au docteur et à Mrs Raine.

– C'est une excellente idée.

– D'abord je déjeunerai ici. Reviendrez-vous si je prépare le repas?

– Oui, si vous voulez. Mais je ne peux pas dire à quelle heure. Entre une heure et deux.

– Très bien. Ce n'est pas amusant de ne faire la cuisine que pour moi, répliqua-t-elle.

Patrick lui adressa un sourire indulgent. Ce serait un changement agréable de déjeuner à la maison... du moins le repas ne serait pas accompagné par de violentes discussions sur les méthodes de l'hôpital. Il en avait par-dessus la tête de la révolte engendrée par les économies mesquines de la nouvelle directrice. Impulsivement, il l'avoua à Billie et elle hocha gravement sa tête blonde.

– Papa détestait les commérages et les intrigues. Personnellement il avait eu à souffrir de racontars, expliqua-t-elle. Vous n'êtes pas obligé de rester à Saint-Chad ou dans un autre hôpital de province. Avec votre réputation vous pourriez vous installer à Harley Street, à côté d'autres grands patrons.

– Oui, je le crois. Mais je suis un homme de Saint-Chad et c'est le lieu de prédilection de ma femme. Je ne me représente pas Inez enlevée à la vie de l'hôpital ou séparée de sa famille bien-aimée.

– Elle pourait être votre secrétaire.

Il éclata de rire, mais ses beaux yeux gris avaient une expression chagrinée.

– Ma chère enfant, Inez est infirmière par vocation,

une infirmière compétente et attachée à son travail. N'imaginez-vous pas sa réaction si quelqu'un lui suggérait de prendre un poste de secrétaire?

– Excusez-moi! Je ne suis pas très versée dans ces questions. Je pensais qu'une femme était heureuse de s'effacer devant son mari et de vivre dans l'ombre d'un homme de talent.

Il se remit à rire.

– Cela dépend de la femme. Ce serait un crime de gaspiller les dons de la mienne.

C'était la seule satisfaction qu'il avait retirée de son entretien plutôt orageux avec Hermione Kirtonberry, la veille au soir. Elle reconnaissait, semblait-il, les dons d'Inez, son habileté, son intuition, son dévouement à son travail. Hermione Kirtonberry lui avait assuré que « quelqu'un comme la surveillante Raine » était indispensable pour réorganiser le service de la Maternité, quelqu'un qui ne craignait pas les responsabilités.

Il était heureux que la nouvelle directrice eût déjà reconnu le talent exceptionnel de sa femme, mais, presque pour la première fois, il s'était surpris à regretter la compétence d'Inez. Sans le vouloir, Billie Primmer exprimait le vague mécontentement qu'il avait ressenti en quittant le bureau de la directrice et en attendant le retour de sa femme.

Quelle joie pour un homme d'avoir une épouse adorée toujours à sa disposition, qui guetterait avec impatience son arrivée à la maison, songea-t-il avec une mélancolie qui ne lui était pas familière. Ce serait bon de ne pas partager avec elle une profession exigeante qui les épuisait tous les deux. Ce ne serait pas désagréable non plus de l'enlever du cercle de ses parents et de ses amis. S'il était un chirurgien indépendant ainsi que Billie l'avait suggéré...

Involontairement Patrick secoua la tête. Il se connaissait trop bien. Il savait qu'il n'avait pas l'ambition de devenir célèbre ou de gagner beaucoup d'argent. Il aimait le travail pour le travail et non pour les récompenses qu'il en pourrait retirer. Les voyages ne le tentaient pas, il aimait suivre un emploi du temps régulier. Le cadre familier de sa vie lui suffisait. Il n'aurait aucun plaisir à parcourir l'Angleterre, à effectuer des opérations spectaculaires dans des salles inconnues, avec des équipes inconnues. Malgré tous les inconvénients, Saint-Chad et les hôpitaux voisins étaient préférables à une carrière indépendante et aventureuse. Il n'était pas un homme des grandes villes...

« Oh les hommes! Je ne les comprendrai jamais! se dit Billie quand, après le départ de Patrick, elle rangea un peu maladroitement les assiettes sales et l'argenterie dans la machine à laver la vaisselle qui, à en juger par son aspect, devait être d'une terrible efficacité. Patrick ne veut pas l'admettre, mais il souhaite qu'Inez soit simplement sa femme et non la surveillante Raine. Sean a été désappointé parce que, selon lui, je ne prenais pas mon métier assez au sérieux. Il aurait été ravi si j'étais devenue infirmière diplômée... »

Sean, bien entendu, savait à peine ce que c'était d'avoir un foyer et un intérieur confortable. Il n'avait pas connu sa mère, il n'avait jamais senti consciemment le besoin d'une tendresse maternelle. Il n'éprouvait pas non plus le désir du délassement. « S'amuser » était pour lui méprisable. Il n'aimait ni la danse, ni les promenades en mer, ni le ski. Il n'avait pas envie de posséder une voiture de sport ou de dîner dans des restaurants renommés. Il n'avait pu comprendre pourquoi de tels divertissements plaisaient à Billie. Il n'était pas agréable d'aimer un garçon comme Sean, pensait souvent la jeune fille. Ce n'est pas lui qu'elle aurait choisi de son plein gré. Patrick Elbure non plus d'ailleurs.

Elle souriait maintenant du « béguin » enfantin que

sa sœur Janey et elle avaient eu pour leur hôte du week-end. Elle ne pouvait deviner que Patrick se transformerait en un de ces personnages austères qui ne pensent qu'à leur travail et ont peu de temps à consacrer à leur femme et à leur maison.

Il arriva bel et bien pour le déjeuner ainsi qu'il l'avait promis et il fit honneur aux grillades parfaites, aux pommes de terre frites, aux carottes cuites dans le beurre que Billie avait préparées pour lui. Cependant, de toute évidence, son esprit était ailleurs, et il répondait distraitement à ses questions. Elle devinait qu'il n'avait conscience que de sa présence. Elle aurait pu être une serveuse, dans une salle de restaurant.

Elle ne serait pas dans son élément, si elle était la femme d'un homme comme Patrick. Peut-être était-elle trop légère pour Sean? Pourquoi était-il le seul à avoir pris son cœur d'assaut?

Après une matinée belle et fraîche, une pluie fine tombait quand Billie sortit afin de prendre un autobus pour West Wheystone. L'arrêt d'autobus n'était pas loin. Elle venait de l'atteindre quand une voiture s'arrêta devant elle.

– Voulez-vous que je vous conduise quelque part? demanda une voix gaie et sonore.

– Non, merci, j'attends l'autobus pour West Wheystone, répondit-elle d'un ton réservé.

– Vous ne trouverez pas d'autobus pour West Wheystone de ce côté de la ville. Montez, ne restez pas sous la pluie, conseilla le conducteur. Par hasard, vous n'iriez pas chez les Raine?

– Si. Comment l'avez-vous deviné?

– Je suis l'assistant du Dr Raine. Je m'appelle Christopher Denyer. Mrs Raine m'a dit qu'elle vous attendait. Montez, répéta-t-il en se penchant pour lui ouvrir la portière.

Billie se hâta d'obéir. C'était donc le jeune médecin

que Molly Raine avait choisi pour gendre. Billie se rappelait avec quel enthousiasme Molly avait fait l'éloge de l'assistant de son mari dans la lettre que Jane avait lue tout haut.

– Ça doit être un as, avait commenté Jane à son mari. Molly a de la chance.

– Les mères, vous êtes de véritables agences matrimoniales, avait répliqué le père de Billie d'un ton taquin. Je parie que la fille de Molly et de Richard aura ses propres idées sur ce sujet.

Inez avait eu en effet ses propres idées... mais pour une fois le choix d'une mère n'était pas ridicule, décida Billie en jetant un regard de biais sur son compagnon. On ne pouvait le nier : Christopher Denyer était séduisant. Il avait un sourire charmant et une telle aisance que la jeune fille eut l'impression de le connaître depuis des années.

– Vous êtes la fille de Bill Primmer? Je ne suis pas un des fils de Saint-Chad, mais j'ai entendu parler de votre père par les Raine, déclara Christopher. Un type formidable, n'est-ce pas?

– Oui. Un brave homme aussi, répliqua Billie, une boule dans la gorge.

La douleur causée par la mort de son père aurait dû s'apaiser un peu, mais le remariage de sa mère l'avait ravivée. Elle ne pouvait supporter de voir Ian occuper la place de Bill Primmer.

Ian était aimable et amusant, il réussissait assez bien dans son métier de décorateur, mais il n'arriverait jamais à la cheville du père de Billie. Ce n'était pas un homme sur lequel une femme pouvait s'appuyer...

« Essaie de comprendre, chérie, avait supplié sa mère. Bien sûr j'aimais ton père, mais, par moments, je lui en voulais de l'intérêt qu'il portait à ses malades. Avant notre mariage, c'était l'homme le plus gai et le meilleur vivant du monde. Après il a pris sa profession beaucoup trop au sérieux. Il n'a plus éprouvé le désir de se distraire.

– Se distraire? avait répété Billie d'une voix sans timbre.

– Pourquoi pas? Mettons les choses au point. Pas plus que toi, je ne suis une femme austère. Je me suis efforcée d'être une bonne épouse et une bonne mère, mais je suis encore assez jeune pour souhaiter une vie plus amusante et plus mondaine. Je me réjouirai d'aider Ian à recevoir et j'essaierai de plaire à ses clients, avait expliqué Jane presque d'un ton de défi. Pourquoi ne serais-je pas frivole avant de devenir vieille?

– Je ne vois pas ce qui t'en empêcherait si c'est ce que tu désires, avait répliqué Billie.

– Tu t'apercevras que c'est aussi ton désir. Tu as commencé des études d'infirmière pour faire plaisir à ton père, mais tu n'as pas vraiment la vocation. Ne commets pas l'erreur d'épouser un homme qui fera passer son travail avant toi. Tu en voudrais bientôt d'abord à son travail, puis à ton mari.

Billie avait deviné que sa mère faisait allusion à Sean O'Halloran, elle n'avait donc pas poursuivi la discussion. Sa mère avait peut-être raison, pensa maintenant Billie avec un serrement de cœur, se sentant immédiatement attirée par le jeune homme assis à côté d'elle. Il était médecin – probablement bon médecin, sans cela le Dr Raine ne l'aurait pas gardé comme assistant – mais il ne portait pas sa profession comme une robe de moine. Il était humain, les gens l'intéressaient, il posait des questions que les Elbure n'auraient pas posées, les jugeant dénuées d'importance.

Sans savoir comment, Billie se mit à lui parler du second mariage de sa mère, des raisons pour lesquelles elle avait quitté sa maison, de ce qui l'amenait à Saint-Chad, avec plus de détails qu'elle en avait donnés à Patrick Elbure. Elle ne connaissait Christopher

Denyer ni d'Eve ni d'Adam, mais il se prêtait aux confidences, elle n'avait pas besoin de peser ses mots, de présenter ses actes sous une lumière favorable. Christopher ne montrait pas la désapprobation automatique et glaciale que Patrick n'aurait pas essayé de cacher. Christopher, semblait-il, allait tout droit au cœur de ses problèmes.

– Vous aimez les gens et ils vous aiment. Je ferais peut-être mieux de dire les hommes au lieu des gens, n'est-ce pas? demanda-t-il d'un ton compatissant. C'est bien là le malheur! Vous vous trouvez entre l'enclume et le marteau. Même si on le pouvait, on ne peut pas paraître indifférent ou hostile et prendre un air glacial. Cependant les réactions les plus naturelles sont souvent mal interprétées et c'est la catastrophe.

– Exactement! Pour vous aussi? demanda naïvement Billie.

Il lui adressa un sourire gamin.

– J'en ai peur! Hélas! Pas seulement par de charmantes jeune filles! Dès que je manifeste quelque sympathie et que je me montre compréhensif pour une amie, une malade ou une infirmière, j'obtiens une réponse trop enthousiaste et mon épouse a une crise de jalousie tout à fait absurde.

– Oh mon Dieu! C'est affreux! La jalousie est une chose horrible! s'écria Billie avec conviction, et de nouveau elle l'examina avec attention.

Il n'était pas beau comme Patrick ou comme l'était Sean malgré ses traits irréguliers. Christopher avait des cheveux blonds et un teint blanc. Au soleil son visage devait rougir et se couvrir de taches de rousseur. Son nez était court et carré et sa bouche trop grande. Ses yeux, d'un bleu presque aussi vif que ceux de Billie, étaient ce qu'il avait de mieux et il y avait bien entendu son sourire, ce sourire cordial et enjôleur qui ne pouvait laisser une femme indifférente.

– Je suis de votre avis. La jalousie est une maladie presque incurable. Comment s'y prendre pour la guérir?

– Il faut se faire moine, suggéra-t-elle en pensant à Sean.

– Ou religieuse? riposta-t-il.

Ils éclatèrent de rire comme s'ils savaient tacitement qu'ils n'étaient pas faits pour ces rôles difficiles.

C'est l'attitude que devraient toujours adopter entre eux un homme et une femme, pensa mélancoliquement Billie. Une attitude amicale, aisée, joyeuse, avec de temps en temps un élan de passion.

Quelle ravissante petite fille! se disait Christopher. Jolie, vive, pétillante d'esprit. Ce n'est pas elle qui ferait une scène à son mari chaque fois qu'il serait en retard de quelques minutes. Pourquoi diable avait-il été si pressé de se marier et de se mettre la corde au cou?

Il avait presque oublié que, six ans plus tôt, alors qu'il était menacé d'un scandale, Rosemary avait été pour lui une ancre et un bouclier. Elle était sa protection contre les calomnies, sa défense contre les femmes trop inflammables ou trop possessives. Il avait été franc avec elle. Il n'avait pas essayé de lui cacher la situation fâcheuse dans laquelle il se trouvait. A ce moment il était fier de sa loyauté. Il avait appris plus tard, à ses dépens, que Rosemary n'avait pas oublié ces rumeurs empoisonnées. Elle avait perdu confiance en lui. Elle transformait en passion ce qui n'avait été qu'un simple caprice et vivait dans la terreur d'une rechute.

C'était, bien entendu, le meilleur moyen pour le détourner vers d'autres femmes. Facile à vivre et doux de caractère, Christopher était exaspéré par les chamailleries. Il détestait être soumis à un interrogatoire prolongé. Il avait toujours eu horreur des formulaires à remplir et la vie avec Rosemary se réduisait de plus en plus à une interminable série de questions auxquelles il fallait répondre.

C'était bon de se détendre avec une jolie fille gaie et sans complications, bon d'échanger des propos futiles, bon de savoir qu'une jeune fille pouvait avoir les mêmes problèmes que lui. Il espérait que Billie Primmer arriverait à résoudre les siens. Il serait dommage qu'elle épouse un homme jaloux et soupçonneux.

« Elle éparpillait ses sourires de tous les cotés », cita-t-il mentalement.

Pourquoi pas? Qu'a donc un sourire de répréhensible? Un sourire amical et heureux est comme un rayon de soleil et les rayons de soleil ne sont pas tellement nombreux. La pluie tombait à verse tandis qu'il descendait la rue étroite et sinueuse qui conduisait aux Safrans.

– Ma consultation est à 5 heures. Après je vous reconduirai à Saint-Chad, proposa Christopher impulsivement.

– C'est très aimable de votre part, répondit Billie.

Elle avait envie d'ajouter : « Si vous êtes sûr que cela ne vous causera pas d'ennuis... », mais elle eut peur de paraître vaniteuse ou provocante.

– Si vous n'êtes pas libre, je prendrai l'autobus.

– Pas avec ce temps, protesta fermement Christopher. Vous voilà arrivée. C'est ce que les gens du pays appellent la « maison du docteur ». J'ai le temps de vous présenter et d'avaler à la hâte une tasse de thé avant de passer ma blouse blanche.

– Vous êtes vraiment très gentil. Je suis impatiente de connaître les Raine. Mes parents m'ont si souvent parlé d'eux. Mais j'aurai peut-être une désillusion terrible. En essayant de jeter un pont sur le fossé qui sépare les générations, répliqua Billie. D'ailleurs, les gens changent au cours des années et quelquefois vous traitent en étrangère.

– Pas les Raine. Je crois qu'ils ont à peine changé. Ils sont encore amoureux l'un de l'autre et Molly Raine a l'âme maternelle. Elle a été très bonne pour ma femme qui a perdu sa mère, et pour moi aussi, dit Christopher avec chaleur.

– Les mères! s'écria Billie en fronçant son petit nez retroussé. J'espère qu'elle ne voudra pas me servir de mère. C'est mon père que je regrette...

– Beaucoup de nos malades voient un père dans le Dr Raine, il est si perspicace, si compréhensif.

Billie hocha la tête. Son père était comme cela aussi. Comment sa mère avait-elle pu le juger trop austère et trop absorbé par son travail? Il avait toujours eu du temps libre pour sa cadette. S'il avait été encore en vie quand elle s'était fiancée à Sean, les fiançailles auraient peut-être duré. Son père aurait peut-être convaincu Sean qu'elle n'était pas simplement un papillon.

– Bonjour! Regardez ce que je vous amène! cria Christopher. (Il avait saisi Billie par le bras et la faisait entrer dans une pièce chaude, confortable, pleine de vieux meubles.) C'est la fille du cher vieux copain! Je l'ai sauvée du déluge!

Une affectueuse étreinte enveloppa Billie. Les bras de Molly Raine étaient accueillants et maternels et un parfum de lilas, mêlé à l'odeur du pain sortant du four, semblait émaner d'elle et c'était étrangement réconfortant, puis des mains à la fois fermes et douces s'emparèrent des siennes et lui rappelèrent son père.

Cinq minutes plus tard, assise près d'un feu crépitant, Billie buvait du thé et mangeait de la brioche avec de la confiture de fraises faite à la maison et de la crème. Elle avait l'impression d'être une chatte qui ronronnait de contentement. L'atmosphère était toute différente de celle du pavillon Elbure, elle se croyait dans un autre univers. La tapisserie était fanée, les housses des fauteuils reprisées, les rideaux avaient sûrement subi de nombreux lavages, mais des jacinthes roses dans une jolie poterie parfumaient agréablement l'air, un sac à ouvrage d'où sortait un tricot commencé, était suspendu à l'accoudoir du fauteuil de Molly, des journaux et des magazines étaient éparpillés sur le divan, un gros matou dormait devant la cheminée.

Tout cela composait un « foyer », décida Billie, pas le foyer idéal, proposé aux regards dans une exposition. C'était un cadre où elle aurait aimé revoir Sean. Dans un intérieur de ce genre, un homme se détendrait et sentirait ses craintes s'apaiser.

En pleine euphorie, Billie répondit longuement aux questions de Molly sur Jane et Janey. Encouragée par l'intérêt sincère du Dr Raine et le sourire de Christopher, elle devint spirituelle et amusante.

Puis soudain, sans s'assombrir tout à fait, l'atmosphère délicieuse perdit de sa chaleur comme si une pluie glacée s'était soudain abattue sur elle. Une femme gauche et sans beauté, des cheveux ternes rejetés en arrière, boudinée dans une blouse de nylon blanc était entrée et contemplait cette scène intime, les sourcils froncés, d'un air de désapprobation.

– Ah! Tu es là, Chris! s'écria-t-elle d'un ton assorti à son expression. La salle d'attente se remplit et tu as déjà dix minutes de retard.

– Excuse-moi! Je ne m'étais pas rendu compte que le temps passait si vite, répondit Christopher avec plus de sincérité que de tact.

Il se leva en souriant, il avait perdu son charme naturel et paraissait penaud comme un petit garçon surpris en train de voler des confitures.

– Rosemary, n'avez-vous pas une minute pour une tasse de thé et une tranche de brioche? interrogea Molly. Vous pouvez tout au moins dire bonjour à Billie... Billie Primmer... la fille d'un de nos très vieux amis. Je vous avais bien dit qu'elle venait ici, n'est-ce pas?

– Oui, répondit Rosemary sans sourire. Ravie de faire votre connaissance, miss Primmer. J'espère que vous serez contente de travailler à Saint-Chad. Quand commencez-vous?

– Lundi. Je suis heureuse aussi de vous voir, répondit Billie en souriant mais son sourire se figea sous le regard glacial de Rosemary Denyer. C'est magnifique d'être ici!

Rosemary hocha simplement la tête, lança une phrase brève à son mari : « Si tu es prêt, Chris... » puis elle fit demi-tour et sortit de la pièce.

10

– Je vous demande pardon, madame la surveillante, mais Sean... je veux dire le Dr O'Halloran, est venu voir comment allait Mrs Bruce, dit Peggy Trent d'un ton où le défi se mêlait à l'excuse. Et... ce n'est pas un crime de voler un baiser.

– Dans mon bureau? demanda froidement Inez.

– Je ne vous attendais pas si tôt, bredouilla Peggy. En tout cas j'avais pensé qu'une femme mariée serait plus indulgente... et ne ressemblerait pas à cette vieille bigote de miss Airdrie.

– Qu'avez-vous dit? interrogea Inez glaciale.

Extérieurement elle était l'image d'une surveillante froide et digne dans son uniforme empesé. Mais, au fond du cœur, elle ne se sentait pas dans son élément. Elle n'avait jamais dirigé un service et n'avait jamais eu à maintenir l'ordre dans un essaim d'infirmières. Elle regarda avec un dégoût visible la jeune fille rouge et décoiffée. Avant d'entrer, à travers la porte vitrée de son bureau, elle avait aperçu Peggy Trent dans les bras du jeune chirurgien roux qui la repoussait.

A l'arrivée d'Inez, il s'était retourné et s'était écrié d'une voix traînante :

– Bonjour, madame! Comment va?

– Bonjour, monsieur O'Halloran, avait répondu Inez, les sourcils froncés. Qu'est-ce qui vous amène à la Maternité de si bonne heure? Une urgence?

– Non, simplement une intuition. Surveillez de près Mrs Bruce. J'ai le pressentiment qu'elle nous donnera du fil à retordre, avait répondu Sean d'un ton froid. A bientôt.

Avec un geste désinvolte et un sourire qui ne manquait pas de charme, adressé, semblait-il, à la fois à la surveillante et à l'infirmière, il était parti. C'est bien d'un homme, avait pensé Inez indignée, de laisser Peggy Trent subir la juste colère de la surveillante. Il n'avait pas cherché à s'excuser pour elle ou pour lui. En ce qui le concernait, il se moquait probablement des réactions de la surveillante. Ces jeunes médecins pouvaient se payer le luxe de défier l'autorité. Il y avait pénurie de diplômés dans la plupart des hôpitaux et Saint-Chad n'était pas une exception.

Dans le passé, avant la nationalisation des hôpitaux, Saint-Chad, renommé parmi tous les établissements de province pour les études qu'on y faisait, avait une surabondance de candidats. Ceux qui y étaient acceptés n'avaient qu'à se louer des rétributions et des conditions de travail et ils jouissaient d'un prestige particulier. Maintenant beaucoup trop de « fils de Saint-Chad » prenaient des postes outre-mer, une fois leur internat terminé. On ne pouvait les blâmer de penser à leur avenir plutôt qu'à celui de l'hôpital, mais il était amer de les voir remplacés par des étrangers venus d'un peu partout pour acquérir de nouvelles connaissances, et qui se souciaient très peu de l'hôpital lui-même et de ses traditions; d'ailleurs ils n'y faisaient pas de longs séjours.

Aux yeux d'Inez, Sean O'Halloran était à la fois un inconnu et un étranger. Le bruit courait qu'il avait fait ses études aux Etats-Unis. Certainement, son accent était américain plutôt qu'irlandais et son attitude vis-à-vis de Saint-Chad était vaguement insolente et méprisante comme s'il jetait un défi aux traditions.

Avec les malades, il se conduisait de façon tout à fait différente, Inez devait le reconnaître. La nuit précédente, la naissance du bébé Bruce avait posé de graves problèmes. Sean avait employé toute son habileté et toute sa détermination à sauver l'enfant. Avait-il vraiment un pressentiment au sujet de la mère? Ou était-ce simplement un prétexte pour flirter avec Peggy Trent?

– J'attends, miss Trent, dit Inez de sa voix la plus autoritaire.

– Je vous ai déjà dit que j'étais désolée, grommela Peggy Trent. Comment pouvais-je deviner que vous arriveriez si tôt? Miss Airdrie venait beaucoup plus tard. Elle passait toujours à la chapelle avant de prendre son service. D'ailleurs je remerciais simplement Mr O'Halloran de m'avoir aidée.

– A quoi?

– A faire déjeuner Mrs Bruce. Je venais de lui apporter un plateau. J'ai cru qu'elle allait me le jeter à la tête, mais il l'a calmée et l'a persuadée de manger un peu.

– Vous êtes allée lui chercher un plateau?

– Fallait-il que je la laisse mourir de faim? Ce n'est pas le travail des infirmières diplômées, mais les filles de salle n'entrent pas dans les chambres particulières.

– En est-il vraiment ainsi?

– Cette semaine, en tout cas. Elles font une de leurs protestations, annonça Peggy Trent. Pas de déjeuner ni de repas de midi. Le thé, oui, parce que l'équipe change et que la vieille Speedy en fait partie. « Les accouchées faut les soigner, que je dis. Si on ne donne pas à manger à la mère, le bébé s'en ressent », c'est la rengaine de la vieille Speedy, acheva Peggy en imitant l'accent du Devon.

– Speedy? Elle est encore ici? Je ne le savais pas...

Inez eut un sourire de réminiscence. Mabel Speedy était née à West Wheystone, c'était l'aînée d'une nombreuse famille. Le Dr Raine avait mis au monde une quantité de bébés Speedy... les frères et les sœurs de Mabel et les rejetons de ses sœurs aînées.

– C'est un amour et on peut compter sur elle, déclara Peggy heureuse de changer de sujet. Permettez que je parte maintenant, Mrs Raine? Lena Hickory fait de nouveau un boucan de tous les diables et l'infirmière diplômée s'occupe des bébés. A propos, il y a une nouvelle arrivée. Elle est envoyée par le Dr Raine. C'est votre père, madame?

Après la précision et l'ordre de la salle d'opération, la vie à la Maternité paraissait chaotique, pensa Inez en poussant un soupir de résignation. Pour rendre la situation encore plus difficile, elle avait à travailler avec des infirmières et des stagiaires dont elle ne connaissait ni le caractère ni les capacités. Cette Peggy Trent était de toute évidence un étourneau, on ne pouvait compter sur elle en cas de complication. L'infirmière diplômée Wakefield avait certainement plus d'expérience, Inez le découvrit bientôt, mais elle était d'un certain âge et ne voulait rien changer à ses habitudes. Avant que la moitié de la matinée se fût écoulée, Inez était exaspérée de l'entendre affirmer : « Mais j'ai toujours fait de cette manière... » et « Miss Airdrie ne m'avait jamais dit de ne pas faire... » ou encore : « Miss Airdrie se fiait à moi. »

– Mettez-vous bien dans la tête, miss Wakefield,

déclara enfin d'une voix sèche Inez, dont la patience était à bout, que c'est moi maintenant qui dirige la Maternité. A l'avenir vous obéirez à mes ordres.

– Si je dois être bousculée de cette façon, je demanderai mon changement, je ne suis pas habituée à être commandée par quelqu'un dont je pourrais être la mère.

– Comme vous voudrez, répliqua Inez, extérieurement calme mais démoralisée.

La directrice ne verrait pas d'un bon œil d'autres demandes de changement car, sous la férule de miss Airdrie, le personnel de la Maternité s'était considérablement réduit. Du moins, pensa Inez pour se consoler, elle avait résolu le problème de Ruth Airdrie. Au cours de la matinée, elle fit la connaissance du frère de la surveillante et les vit partir dans une voiture presque luxueuse. Théodore Airdrie, l'image de sa sœur en plus gai et en plus robuste, remercia Inez avec effusion.

– Je vous suis très reconnaissant d'être venue au secours de ma sœur. Cette pauvre petite en a vu de toutes les couleurs avec ce vieux monstre qui la terrorisait, dit-il d'un ton convaincu. Nous savions bien qu'un jour elle craquerait. Ma femme lui aura bientôt mis un peu de chair sur les os et la persuadera de ne pas prendre au sérieux les idées saugrenues de notre père.

Quand Inez revint à la Maternité, Peggy Trent galopait dans le corridor en l'appelant. La nouvelle venue refusait catégoriquement de se coucher « dans une salle publique ». On lui avait promis qu'elle serait dans une chambre avec une seule autre accouchée.

Inez fut obligée de téléphoner aux Safrans. Mais le Dr Raine avait terminé sa consultation et il était déjà en train de faire sa tournée. Molly Raine montra une regrettable tendance à prolonger la conversation et elle chanta les louanges de « la charmante petite fille de Jane ». Inez l'interrompit et chercha à prendre contact avec Rosemary qui servait de secrétaire à son père et à Christopher Denyer.

Rosemary avait l'air de broyer du noir.

– Oh! cette femme? dit-elle sans enthousiasme. C'est un fléau. Elle m'a rendue folle en réclamant le docteur tous les deux jours.

– Quelles dispositions a-t-on prises pour elle?

– Je crois que son mari a une assurance quelconque. Il me semble qu'elle doit avoir un lit dans une chambre à deux, répondit Rosemary. Inez, pourquoi diable as-tu cette petite péronnelle chez toi?

– Quoi? Oh! Tu parles de Billie Primmer?

– Bien sûr! Es-tu folle? C'est une mangeuse d'hommes comme je n'en ai jamais vu. Elle a fait la conquête de Chris et elle te prendra ton Patrick aussi.

– Ne dis pas de bêtises! Billie n'est qu'une gosse... Les hommes la regardent d'un œil paternel.

– Paternel? Je t'en ficherai des yeux paternels! riposta Rosemary. Elle est dangereuse. Fais attention. N'aie pas trop confiance! Tu es si sûre de ton mari que tu ne crois pas qu'il peut regarder une autre femme, même la plus belle de toutes. Je t'envie, mais ce n'est qu'un homme après tout!

Ces paroles sortaient précipitamment de ses lèvres comme du champagne d'une bouteille débouchée... Mais c'était un torrent de mots amers, acides, sans pétillement.

– Oh Rosemary! s'écria Inez d'un ton où la compassion se mêlait à l'impatience. En voilà assez! Mon mari est surmené comme le tien. Ils n'ont ni le temps ni l'envie de flirter.

– Qu'en sais-tu?

Inez fut sur le point de raccrocher brusquement mais le souvenir de leurs années d'amitié l'en empêcha.

– Ecoute, Rosemary, si tu continues comme ça, tu te rendras malade et tu gâcheras ton mariage, dit-elle.

Calme-toi! Qu'a donc fait Chris pour que tu te méfies tant de lui?

– Ce n'est pas ce qu'il a fait. Mais la façon dont il regarde les autres femmes et parle d'elles. Hier soir il n'en avait que pour cette Billie Primmer.

– Réfléchis! S'il te parle d'une fille, c'est qu'il n'y a rien entre elle et lui. Fais-lui confiance!

– Je sais que je suis idiote. Je n'avais pas deviné que ça serait comme ça..., expliqua Rosemary d'une voix tremblante. Je comprends maintenant ce qu'Ursula Shelley éprouvait pour ton mari. C'était une obsession pour elle... Et maintenant je suis obsédée par Chris. Je ne peux pas m'en empêcher. Je ne peux pas être logique et raisonnable.

– Tu as probablement besoin de vitamines. Excuse-moi, mon service me réclame.

Inez raccrocha lentement, les sourcils froncés. Cette brève conversation avec Rosemary avait été bouleversante et exaspérante. Elle avait l'impression que Rosemary lui avait frotté les joues avec du papier de verre.

Quand elle eut calmé la nouvelle arrivée, gémissante et agitée, elle prit une rapide collation dans son bureau et ce fut alors qu'elle comprit pourquoi la détresse de Rosemary avait eu sur elle cet effet irritant. Bien sûr elle éprouvait une pitié sincère pour Chris et Rosemary et les sarcasmes de Rosemary ne l'avaient que peu troublée. Elle était sûre de Patrick. Qu'il eût accordé un regard ou une pensée à une autre femme lui paraissait impossible. Quant à Billie Primmer, c'était sans nul doute une séduisante petite créature, mais elle semblait franche et sans arrière-pensée. Une petite chatte joueuse, peut-être, mais sûrement pas une tigresse mangeuse d'hommes.

Non, c'était l'allusion inattendue de Rosemary à Ursula Shelley qui avait porté sur les nerfs d'Inez. C'était la seconde fois en vingt-quatre heures que quelqu'un lui parlait d'Ursula. Depuis son mariage, Inez essayait d'oublier Ursula Shelley qui avait été si près de réussir à la séparer de Patrick.

Bien qu'il n'y eût aucun lien de sang entre eux, Patrick regardait la nièce et fille adoptive de sa belle-mère comme une sœur. La passion profonde d'Ursula pour lui l'avait beaucoup gêné. Il n'avait jamais eu la moindre tentation d'y répondre. Cette simple idée le remplissait de dégoût. Il n'avait pas caché son soulagement quand Ursula avait quitté Saint-Chad. Ni Inez ni lui ne l'avaient revue depuis.

Elle les avait invités à son mariage quand elle avait épousé cet homme d'affaires richissime, Max Debrune – maintenant Sir Max – mais ils n'avaient pas accepté de s'y rendre. A la connaissance d'Inez, Ursula n'était pas retournée à Watersfall. Peut-être restait-elle en contact avec Béatrice Elbure, mais Béatrice n'avait pas parlé d'elle au cours des rares et rapides visites de Patrick et d'Inez aux Sources.

De la fenêtre de son bureau, Inez apercevait la chapelle, cette vieille chapelle en pierre grise, recouverte de lierre, qui était l'orgueil de Saint-Chad. Elle voyait la haute fenêtre de la tour d'où Patrick s'était échappé au péril de sa vie. Elle n'avait jamais eu la preuve certaine qu'Ursula avait écrit les billets qui avaient amené Evelyn et Patrick dans la chapelle, ni que c'était elle qui les avait enfermés là. Patrick, qui était de garde à l'hôpital, avait été désespéré quand il avait trouvé la porte fermée à clé. Il ne parlait jamais de cet épisode ni de la chute qui avait failli mettre fin à sa carrière, mais Evelyn avait raconté toute l'histoire à Inez. Evelyn, en voyant Patrick gisant évanoui au pied de la tour, avait été prise de panique et avait sonné la grande cloche. Inez se demandait si Patrick avait jamais pardonné à Evelyn d'avoir ameuté l'hôpital et donné ainsi naissance à toutes sortes de rumeurs.

A sa place Inez, elle en était sûre, n'aurait pas perdu la tête. Elle aurait suivi Patrick si même elle ne l'eût pas précédé. Elle se serait accrochée au lierre. Si elle avait perdu l'équilibre, elle serait tombée sans se faire mal grâce à sa souplesse de sportive. Elle serait allée chercher de l'aide pour Patrick, mais une aide discrète.

Oh! pourquoi revenir sur le passé, sur un temps où elle ne connaissait pas encore Patrick? Inez haussa les épaules et retourna à son travail. Ce fut une matinée longue et fatigante.

Lorsqu'elle alla déjeuner, des yeux elle chercha Patrick dans le réfectoire. Elle se rendit compte qu'elle avait faim d'un regard de lui... tout comme avant leurs fiançailles. C'était une vraie faim physique, ce besoin de rencontrer ses yeux et de toucher sa main. Ce désir ne s'apaise-t-il jamais chez une femme qui aime? Ou chez un homme? Le cœur serré, elle se rappela l'impatience silencieuse, mais brûlante, avec laquelle il avait accueilli son retour, la veille.

– Vous cherchez le Dr Elbure? demanda l'infirmière Lassen derrière elle.

Inez se retourna, eut devant elle le sourire satisfait de Kate Lassen, réprima un frisson et eut un sourire serein.

– Je me demandais si mon mari était en train de déjeuner, admit-elle.

– Non. Il est retourné déjeuner chez vous, annonça Kate en cachant mal son contentement. Il a dit qu'il avait promis de rentrer.

C'était pour Inez une nouvelle inattendue, mais elle se borna à hocher la tête. Patrick avait-il oublié qu'elle était de service toute la journée? Sûrement pas... et lui avait-elle jamais fait promettre de venir déjeuner à la maison?

Peut-être, aussi invraisemblable que cela parût, avait-il promis à Billie d'aller la chercher pour l'emmener au restaurant. Il avait senti qu'il devait bien cela à la fille de Bill Primmer. C'était sans importance d'ailleurs, à moins que, par suite d'un malentendu stupide, Patrick eût couru à la maison pour trouver une cuisine froide et vide.

Dans ce cas, bien entendu, il reviendrait tout de suite à l'hôpital. Involontairement, chaque fois que la porte s'ouvrait, Inez jetait un rapide regard. Elle était assise entre la surveillante Devon, grande et placide, vieille connaissance sous les ordres de laquelle elle avait travaillé dans le service des urgences, et une surveillante silencieuse un peu pincée, qu'elle ne connaissait pas. Inez se rendit compte brusquement et avec un peu de gêne que, depuis son mariage, elle avait perdu contact avec les filles de son clan. Il y avait toujours des clans ou des coteries ou des amies intimes dans tous les hôpitaux. Elle n'avait de place dans aucun groupe maintenant. Elle était une femme mariée. Sa mère aurait dit que la place d'une femme mariée est dans sa maison et que son travail consiste à s'occuper de son mari et de ses enfants.

« Mais ça ne marcherait pas jusqu'à ce que j'aie un bébé ou deux. Je n'aimerais pas rester inactive comme Rosemary à attendre perpétuellement mon mari et à me faire de la bile à son sujet, pensa Inez : Rosemary... qu'allons-nous faire pour Rosemary? Si elle continue, elle deviendra folle et elle rendra fou ce pauvre Chris. »

Le pauvre Chris n'avait pas l'air d'être à deux doigts de la folie quand, après sa consultation du soir, il vint voir Mrs Potter-Plunkett, la jeune femme envoyée par le Dr Raine. De fait, il souriait et ce fut d'un pas conquérant qu'il entra dans le bureau de la surveillante.

– Bonsoir! dit-il gaiement. J'ai épargné un déplacement à votre père en offrant de venir voir notre Mrs P.P. Ces initiales veulent dire « Parfaite Peste », si vous ne l'avez pas déjà découvert.

– Oh si! On croirait qu'aucune femme n'a jamais eu de bébé, ici du moins, de femme de la situation sociale de Mrs P.P. Qui est-ce? Je ne connais pas ce nom?

– Cela prouve que vous n'allez pas souvent à West Wheystone, répondit Christopher avec un soupçon de reproche. Les P.P. se sont installés dans la grande maison un peu en dehors du village, les Hêtres, peu après Noël. Lui n'est pas un mauvais bougre, c'est un fabricant de lingerie féminine qui a pris sa retraite, à en croire le bruit qui court, et il est tout à fait à son aise. C'est sa troisième femme et, selon toute apparence, son dernier espoir d'avoir une progéniture. Elle a déjà perdu un gosse à cause de son refus catégorique de suivre un régime.

– Elle est beaucoup trop grosse.

– C'est pour ça que votre père a jugé qu'il fallait la surveiller de près bien que l'enfant ne doive pas venir au monde avant quinze jours. Sa tension menace de monter et ses reins...

Inez écouta attentivement pendant qu'il énumérait les signes de danger. Il semblait très bien renseigné sur Mrs P.P. bien qu'elle fût soignée par le Dr Raine. Comment pouvait-il s'aveugler sur les symptômes si visibles de sa femme? Etait-ce parce qu'il la voyait tous les jours? Ne regarde-t-il plus Rosemary?

– Oui, dit sèchement Inez quand il s'arrêta. J'ai bien compris. Nous la surveillerons de près. Maintenant, si nous parlions un peu de Rosemary?

– Rosemary? répéta-t-il distraitement. (Puis son front se plissa :) Oh! Rosemary!

– Précisément. Elle ne va vraiment pas bien.

– Pas plus mal que d'habitude. Elle se met dans un état affreux pour des riens et je n'y peux pas grand-chose, déclara-t-il sur la défensive. Votre père la soigne pour son hypertension. Il lui a conseillé d'abandonner son travail et de ne le reprendre qu'après la naissance du bébé, mais elle refuse catégoriquement. Elle déclare qu'elle deviendrait folle assise chez elle toute la journée, à se faire toutes sortes d'idées...

– Elle n'a pas tort sans doute. Je ne veux pas être indiscrète, Chris, mais qu'est-ce qui ne va pas bien entre vous deux?

– Que je sois pendu si je le sais! Je suppose que ce sont ces deux fausses couches. Elle est si désireuse de me donner un fils! Elle ne me croit pas quand je lui affirme que, si elle ne peut pas avoir d'enfant, ça ne sera pas une tragédie, expliqua Christopher avec embarras. Elle devrait comprendre qu'elle est à deux doigts de la névrose, c'est un paquet de nerfs, elle qui était si calme, si compétente, forte comme une citadelle.

– Oui, approuva Inez, les yeux pleins de compassion. Une citadelle...

C'était cette femme calme et compétente que Christopher avait cru épouser. Qui aurait pu prévoir qu'un amour possessif et jaloux ébranlerait les fondations de cette citadelle?

– Je m'efforce d'être patient et de l'égayer, c'est démoralisant d'être sans cesse triste et obligé de rendre compte de chaque minute de la journée, dit-il avec lassitude. Ce soir elle m'a presque fait une scène parce que j'ai offert une place dans ma voiture à la jeune fille que vous avez chez vous. Par bonheur votre mère est intervenue. Sans vos parents...

Il passa la main sur ses cheveux blonds d'un geste de détresse. Etait-ce imagination, ou son front commençait-il à se dégarnir? Il y avait certainement autour des yeux et de la bouche de fines rides qu'Inez remarquait pour la première fois.

– Je suis désolée, murmura-t-elle. Ça doit être très pénible.

– Je l'aimais sincèrement. Je jure que je l'aimais,

mais c'est comme si elle avait tué mon amour à force d'exigence, avoua-t-il d'un ton embarrassé qui ne lui était pas familier. J'en suis arrivé à craindre de rentrer à la maison. Que diable puis-je faire? Elle ne croit jamais les explications que je lui donne...

– Parce que vous êtes sincère, Chris. Vous l'avez toujours été. C'est dans votre nature d'être bon et d'essayer de faire plaisir à tout le monde. Je ne crois pas que vous ayez jamais dit un mensonge à une femme.

Elle n'ajouta pas : « Vous étiez sincèrement amoureux de moi, puis d'Evelyn; parce qu'elle me ressemblait; repoussé d'abord par moi, puis par Evelyn, vous vous êtes épris de Rosemary. Votre amour aurait pu durer. Il aurait duré si elle avait eu assez de bon sens pour l'entretenir au lieu d'en douter. »

– Oui, c'est vrai, approuva-t-il en se rassérénant. Vous pourriez peut-être convaincre Rosemary que je ne mérite pas ma réputation. Voulez-vous essayer?

– Bien sûr. Tout s'arrangera après la naissance du bébé. Rosemary sera une tendre maman et s'inquiétera moins à votre sujet.

– Espérons-le! s'écria Christopher en adressant à Inez l'ombre de son sourire habituel. Par une coïncidence bizarre, votre invitée a l'air d'être dans le même pétrin que moi, mais elle a le bonheur de ne pas être mariée.

– Billie Primmer? Elle vous a fait des confidences? demanda Inez amusée. Vous marchez vraiment sur les traces de mon père, n'est-ce pas? L'ami et le conseiller de la famille, le guide et le mentor. Mais vous êtes encore un peu jeune pour ce rôle. Soyez prudent.

– Je le suis. Franchement, Inez, vous ne me soupçonnez pas d'avoir conté fleurette à la pauvre Ruth Airdrie?

Elle secoua la tête et fut sur le point de dire : « Je pensais à notre invitée qui est beaucoup plus séduisante que Ruth Airdrie... Elle peut être dangereuse. »

Plus tard, elle regretta de n'avoir pas exprimé tout haut cet avertissement. Qu'est-ce qui l'en avait empêchée? La crainte inhabituelle de paraître « rosse »? Ou était-ce parce qu'elle savait que pour une fois Patrick était retourné déjeuner à la maison? Elle l'ignorait. Elle savait seulement qu'il lui était désagréable de parler de Billie Primmer.

Machinalement elle redressa sa coiffe.

– Venez apporter un peu de baume à votre Parfaite Peste, dit-elle vivement. Je soupçonne qu'elle est, en secret, prise de panique. Sa conscience coupable lui rappelle qu'elle a fait des écarts de régime et qu'elle peut en subir les conséquences.

11

Si par la force de l'habitude et parce qu'il était préoccupé par sa prochaine visite à Mrs Potter-Plunkett, Christopher n'avait pas franchi le grand portail de Saint-Chad et avait parcouru l'étroite avenue qui traversait l'ancienne propriété Wellboroughby et passait devant le pavillon des Elbure, la vie de plusieurs personnes aurait pris un cours différent.

Dans les circonstances présentes, il jouissait de cette nouvelle connaissance délicieuse et, conduisant plus lentement que de coutume, l'attention accaparée par sa passagère, il n'accorda pas un regard à la cabine téléphonique qui, pour une raison oubliée, avait été érigée sous les arbres à mi-chemin de l'avenue. Cette cabine était extrêmement appréciée par les infirmières jeunes et sentimentales qui n'aimaient guère téléphoner à leurs amoureux dans le pavillon qu'elles habitaient à l'hôpital. Bien des années plus tôt, la cabine avait été appelée le « rendez-vous des amoureux ». Toutes les tentatives des autorités pour la mettre dans un endroit plus central avaient soulevé des tempêtes de protestations et de pétitions. Par son père, Billie connaissait son existence et ses traditions et la cherchait donc des yeux.

La cabine était occupée, comme elle l'était presque toujours, mais pas par une jeune infirmière. Le cœur de Billie fit un bond lorsqu'elle reconnut son occupant.

– Arrêtez-moi ici, je vous prie! dit-elle impulsivement.

– Ici?

– Oui, je vous en prie. J'aimerais monter à pied l'avenue pour mieux voir les bâtiments de l'hôpital et mieux sentir l'atmosphère.

Christopher sourit et freina. Mieux valait ne pas aller plus loin avec cette adorable enfant, réfléchit-il un peu tard. Les hôpitaux ont des fenêtres et les fenêtres la plupart du temps ont des yeux. Inutile d'exciter la curiosité ou de susciter des commérages sur la nouvelle infirmière.

– Merci mille fois! A bientôt! dit Billie en lui décochant un sourire dont elle ignorait le charme.

Et tandis qu'elle descendait de la voiture, une timidité qui n'était pas désagréable s'empara d'elle.

Elle avait projeté tant de fois une rencontre joyeuse avec Sean... elle avait imaginé son étonnement et son plaisir... et s'était vue se précipitant dans ses bras tendus. Mais elle ne s'était jamais représenté cette rencontre en plein air. Dans une avenue qu'une ambulance remontait maintenant. Elle avait enregistré la surprise qu'exprimaient les yeux de Sean, avant qu'elle eût demandé à Christopher de s'arrêter. Maintenant, pour sauver sa tête, elle n'aurait pu se diriger vers la cabine téléphonique. Elle resta immobile, les genoux flageolants, en agitant machinalement la main tandis que Christopher poursuivait son chemin vers l'hôpital.

Elle entendit derrière elle les pas rapides et légers de Sean. Elle attendit, le cœur battant, le son de sa voix et le contact de sa main.

– Billie!

Ce n'était pas un cri de joie mais d'étonnement, comme s'il ne croyait pas tout à fait le témoignage de ses yeux.

Alors elle se retourna lentement, une adorable rougeur envahit ses joues et la fièvre de l'attente fit briller ses yeux.

– C'est une surprise, n'est-ce pas? s'écria-t-elle en s'efforçant de prendre un ton léger, mais sa voix brusquement était rauque.

– Que diable fais-tu ici? demanda-t-il.

L'amoureuse la plus fervente, la plus désireuse de s'illusionner n'aurait pu se méprendre sur son ton de consternation.

– Je suis venue ici...

– Je peux le voir, n'est-ce pas?

– Je veux dire que je suis venue ici pour travailler. Je commence lundi. Tu ne crois pas que c'est une bonne idée? balbutia-t-elle.

– Cerveau fêlé! riposta-t-il sans se compromettre. Que diable attends-tu de cette idée saugrenue? Tu étais beaucoup mieux aux Etats-Unis dans l'hôpital où ton père était admiré et respecté.

– On se souvient encore de lui ici. Il avait toujours désiré que je fasse mes études à Saint-Chad, mais je ne voulais pas le quitter. Maintenant... (Sa voix tremblante la trahit :) Chéri, n'es-tu pas content de me voir?

– Pourquoi le serais-je? Ne t'avais-je pas fait comprendre que tout était fini entre nous?

– Je ne l'ai pas cru. Je ne pouvais pas le croire. Je... je t'aime... espèce de rouquin collet monté.

– Et combien d'autres as-tu aimés? Il ne t'a pas fallu longtemps pour lier connaissance avec un des Don Juan de Saint-Chad, n'est-ce pas? dit-il d'un ton sarcastique. Vous vous dévoriez du regard jusqu'au moment où tu m'as repéré.

Furieuse elle frappa dans ses mains.

– Je suis allée voir les vieux amis de mes parents, les Raine. L'assistant du Dr Raine a offert de me ramener ici. J'habite pour le moment chez la fille des Raine, Inez Elbure.

– Chez les Elbure? Tu as la folie des grandeurs, non? demanda Sean d'une voix traînante. Le Dr Patrick Elbure est un grand patron, ici.

– Vraiment? Il a l'air d'un brave homme, mais il est un peu guindé, répondit Billie d'un air de défi. C'est maman qui a tout arrangé. Pas moi. Je vais m'installer dans un studio dès que je le pourrai.

– Tu y seras mieux, si tu as l'intention de recevoir tous tes amoureux...

Son amère moquerie l'exaspéra, elle le frappa de toutes ses forces sur les lèvres, poussée par la fureur qui bouillonnait en elle.

– Brute! Sale hypocrite! s'écria-t-elle. Crois-tu que je suis venue ici simplement pour faire de nouvelles conquêtes?

– Calme-toi! Inutile de te donner en spectacle en public, conseilla-t-il.

Il porta une main à ses lèvres et un filet de sang coula sur ses doigts. La fureur de Billie s'apaisa aussitôt.

– Oh! Tu saignes! s'exclama-t-elle en pâlissant. Oh! chéri, je ne voulais pas te faire mal.

– Tu m'as pourtant bien arrangé! grommela-t-il.

Des voitures montaient et descendaient l'avenue. Vaguement, Billie eut conscience des regards curieux. Soudain elle fut écœurée. Etait-elle destinée à tout recommencer ici... les odieux commérages qui s'étaient attachés à elle et avaient poussé Sean à la rupture? Pourquoi ne réfléchissait-elle pas avant d'agir?

– Je regrette, murmura-t-elle d'une petite voix d'enfant. Cette rencontre ici n'était pas dans mes projets. J'aurais dû te téléphoner pour te demander de venir me voir chez les Elbure. Mais j'ai été si émue quand je t'ai aperçu que je n'ai pas pu attendre...

Les lèvres au pli sardonique s'adoucirent et le regard des yeux noisette devint moins glacial. Le feu qui couvait dans le corps de Sean se ravivait et jetait de hautes flammes. Billie se mit à trembler. Son intuition lui disait que le feu n'était pas éteint. Sean n'avait pas cessé de l'aimer. Elle en avait toujours été sûre, malgré sa fureur et son dégoût apparent quand il avait rompu.

Les appels téléphoniques et les lettres ne l'avaient pas fait revenir sur sa décision. Quand elle avait découvert qu'il avait quitté le Canada pour l'Angleterre et Saint-Chad, elle avait cessé d'écrire. C'était si facile pour un homme déterminé de ne pas répondre à des supplications. Avec Billie devant lui, Sean aurait beaucoup plus de peine à résister à ses prières.

Ce qui était nécessaire maintenant, c'était un contact physique. Si elle posait ses lèvres sur les siennes, de nouveau ils ne feraient plus qu'un. Elle en était certaine... mais elle n'avait pas oublié son aversion pour les scènes d'amour en public et les commérages qui s'ensuivaient. Elle fit un pas vers lui, mais le bruit d'un moteur derrière elle l'arrêta net. Elle jeta un regard par-dessus son épaule, une petite Austin blanche, qui avait connu de meilleurs jours, s'avançait vers eux.

Une minute plus tard, dans un grincement de freins, la voiture stoppait devant la cabine téléphonique.

– Désolée d'être en retard, chéri, cria une voix féminine tout essoufflée. La nouvelle surveillante est un tyran. Tu croyais que je ne viendrais pas et tu allais mettre les voiles?

– Bonjour Peggy! répondit Sean avec un petit salut désinvolte de la main. Non. J'ai téléphoné pour savoir si ma bagnole avait été réparée.

La jeune fille, blonde, les yeux gris, jeune et charmante, Billie dut le reconnaître, se pencha pour ouvrir la portière pour Sean.

– Filons, proposa-t-elle, et elle jeta sur Billie un regard interrogateur. Qui est-ce?

– Miss Billie Primmer! La stagiaire Primmer! répondit brièvement Sean. Miss Peggy Trent. L'infirmière Trent. Miss Primmer vient de mon ancien hôpital. D'après ce que je comprends, elle se joint à notre heureuse famille.

– Bonjour! Soyez la bienvenue. Ne vous laissez pas fourrer à la Maternité si vous souhaitez mener une vie tranquille, conseilla Peggy Trent. Viens, Sean, nous bloquons l'avenue.

C'était une exagération car l'avenue était assez large pour que deux voitures puissent passer de front, mais une impressionnante limousine avait ralenti en approchant de l'Austin. C'était volontaire, décida Billie, lorsqu'elle sentit sur leur petit groupe les regards perçants de la conductrice. Avec sa promptitude féminine, Billie en un seul coup d'œil constata que la femme au volant était d'une élégance raffinée et avait une expression glaciale et désapprobatrice. Puis la limousine accéléra et se dirigea vers le portail de l'hôpital.

– Zut! Quelle poisse! s'écria Peggy Trent en éclatant d'un rire nerveux comme une écolière prise en flagrant délit d'école buissonnière. C'est ta faute, Sean chéri. Tu aurais dû monter plus vite.

– Pourquoi? Qui est-ce? demanda Billie avec curiosité.

– Notre nouvelle directrice : Miss Hermione Kirtonberry. Plus connue sous le nom de « Bébelle », répondit Peggy en accompagnant ses mots d'une grimace. Dépêche-toi, Sean! Voulez-vous que nous vous conduisions en ville, miss Primmer?

– Non merci. Sean...

Les yeux expressifs de Billie lançaient un appel muet et désespéré mais Sean ne voulut pas le voir.

Repliant ses longues jambes, il se glissa dans la voiture, fit claquer la portière.

– A un de ces jours! cria-t-il, et il leva la main d'un geste désinvolte.

Avec un grincement et en faisant voler le sable autour d'elle, l'auto démarra et un nuage noir de fumée sortit de son pot d'échappement.

– Vingt Dieux! grommela Billie qui porta les mains à ses yeux. Il n'a même pas dit qu'il était content de me voir et il a fallu qu'il me reproche encore mes amoureux. Il n'a pas mis longtemps pour trouver une autre fille. Et elle est folle de lui, ça saute aux yeux.

Battant des paupières pour refouler les larmes brûlantes qui menaçaient de rougir ses yeux, Billie monta lentement l'avenue. Ses pas avaient perdu leur élasticité habituelle. Pourquoi tant de difficultés entre Sean et elle? Toujours des heurts, des querelles, des occasions manquées et des malentendus. On eût dit que le destin s'opposait au dénouement traditionnel et heureux de leur amour.

« J'ai eu peut-être tort de m'emballer pour lui, pensa-t-elle, et ce n'était pas la première fois. J'aurais peut-être dû faire un effort pour l'oublier. Comme maman me l'a dit, ce ne sera pas un mari facile à vivre. J'aurais dû chercher un type comme ce séduisant Christopher Denyer... »

Elle regretta d'avoir quitté Christopher si précipitamment. Elle avait deviné qu'elle lui plaisait et qu'il comprenait ses problèmes. Elle s'était sentie à l'aise et heureuse avec lui. S'ils ne s'étaient pas séparés si brusquement, il aurait peut-être proposé un rendez-vous pour plus tard...

Pourquoi sa mère n'avait-elle pas demandé aux Raine de la prendre chez eux? Elle aurait été plus heureuse et mieux accueillie aux Safrans. Elle aurait pu offrir aux deux médecins de les aider, ce qui aurait permis à Rosemary de prendre un peu de repos. La pauvre femme avait l'air d'en avoir bien besoin. Elle était loin d'être en bonne santé, à en croire Molly Raine. « Elle nous inquiète beaucoup. Elle devrait cesser de travailler, mais elle ne veut pas en entendre parler... »

J'ai encore deux jours de liberté, sans compter dimanche, réfléchit Billie. Je pourrais téléphoner pour offrir mon aide. Ce serait gentil et plus agréable que de me morfondre dans une maison vide.

Molly Raine apprécierait ce geste. Billie en était certaine et elle accepterait cette offre de la part des deux médecins. Christopher serait content aussi, Billie l'espérait. Il ne pouvait se réjouir de travailler avec cette épouse acerbe et jalouse, femelle mécontente et sur le point d'accoucher, quoique, Molly l'avait dit, le bébé ne fût pas attendu avant Pâques...

Billie avait eu l'intention d'aller à pied à l'hôpital et de flâner autour des divers bâtiments. Maintenant elle n'avait plus envie de s'exposer à des regards curieux et interrogateurs. Elle avait l'impression que Sean l'avait frappée en plein visage et avait laissé sur ses lèvres des marques visibles. Des larmes désagréables embrumaient ses yeux, sa bouche persistait à trembler.

Sans savoir où elle allait, elle s'engagea dans un sentier et arriva dans une autre avenue plus étroite qui passait devant le pavillon des Elbure. Elle eut à peine un regard pour les bâtiments impressionnants du nouvel hôpital. Elle courut vers le pavillon comme un lapin pourchassé vers son terrier. Elle pourrait piller le réfrigérateur et préparer un bon repas chaud pour ses hôtes, se dit-elle vaillamment. Sean lui-même reconnaissait ses talents culinaires.

Sean... Sean... Malgré tous ces efforts pour l'oublier, il revenait toujours dans ses pensées. Qu'est-ce donc que cette chose exaspérante que l'on appelle l'amour, qui prend possession de votre corps, qui brûle comme une fièvre dans votre sang? N'existe-t-il pas d'antidote? Faut-il attendre patiemment qu'il s'use et se détruise peu à peu? Non, c'était une idée absurdement mélodramatique. On ne meurt pas du virus d'amour. Du moins, plus de nos jours. On cherche un remède sous forme d'un autre amour moins exigeant ou, bien sûr, on peut s'accrocher à lui et finir par ne plus sentir sa blessure.

Seulement je ne me représente pas sous les traits d'une vieille fille desséchée, une infirmière adorant son métier, dont la seule ambition serait de devenir directrice, convint Billie avec la sincérité qui la caractérisait. Il faudra, je suppose, que je cherche un autre garçon. S'il n'était pas encombré de cette femme jalouse, je n'aurais pas à aller loin pour le trouver.

Une Ford couverte de boue était arrêtée devant le pavillon des Elbure. La conductrice, vêtue d'une vieille veste de peau de mouton et d'un pantalon rouge, frappait à coups redoublés à la porte.

– Bonsoir! Il n'y a personne à la maison! cria Billie, et elle poussa une exclamation de surprise quand la visiteuse se retourna.

Les sourcils à l'arc malicieux d'Inez se levaient d'un air d'interrogation. Des cheveux châtain foncé, des yeux bruns, un joli visage avec un sourire ravissant... mais sans la distinction d'Inez Elbure, remarqua rapidement Billie. Au premier regard, cette jeune femme aurait pu être la sœur d'Inez. En la regardant plus attentivement, on s'apercevait que ce n'était pas la copie exacte d'Inez mais une personne tout à fait différente.

– Excusez-moi de vous dévisager ainsi, mais c'est comme si je voyais une légende prendre vie, s'écria impulsivement Billie. Vous êtes sûrement Evelyn... l'Evelyn de Patrick.

Elle s'interrompit, rouge de confusion de sa gaffe.

– L'Evelyn de Val, Mrs Valentin Elbure, corrigea Evelyn avec un sourire amusé. Et vous êtes...?

– Billie Primmer. Vous n'avez sans doute jamais entendu parler de moi... Mes parents et les Raine sont de très vieux amis. Molly Raine et maman s'écrivent des lettres interminables, se hâta d'expliquer Billie. J'ai fait la connaissance de Patrick, il y a des années, quand j'étais enfant. Il a passé un week-end chez nous. Et quand j'ai décidé de travailler à Saint-Chad, on m'a imposée à Inez et à Patrick, je loge chez eux.

– Merci! Tout devient clair comme de l'eau de roche, répondit Evelyn non sans une douce ironie. Excepté la question qui m'intéresse : où est Inez?

– Inez? Elle est à l'hôpital! De service jusqu'à 8 heures. J'ai une clé, si vous voulez entrer pour l'attendre.

Billie sortit la clé de son sac et ouvrit la porte. De nouveau elle fut frappée par le silence, la solitude et l'élégance de la vieille maison lorsqu'elle précéda la visiteuse dans la salle de séjour. On ne sentait pas ici l'atmosphère chaude et accueillante de « la maison du docteur ». Ce n'était pas un foyer.

Avant de partir pour West Wheystone, Billie avait garni le feu mais, pendant son absence, il s'était presque éteint. Elle s'agenouilla sur le tapis immaculé pour le ranimer avec des bûches et du charbon. Evelyn se laissa tomber dans un fauteuil, défit les premiers boutons de sa lourde veste et s'arrêta.

– Il ne fait pas chaud, n'est-ce pas? dit Billie d'un ton d'excuse. Je suppose que toute la maison est glaciale. Nous n'aurions pas plus chaud dans la cuisine. Voulez-vous que j'aille vous chercher quelque chose à boire? Je ne sais pas trop ce qu'il y a. Je suis arrivée seulement hier soir et je n'ai pas encore pris mes habitudes. Je peux vous faire une bonne tasse de café si cela vous fait plaisir?

– Merci. J'accepte mais ce n'est pas pressé. En route, je me suis arrêtée pour boire du thé.

– Vous venez de loin? De la ville natale de Patrick?

– Oui. Ce n'est qu'un village. Truro est la ville la plus proche, répliqua distraitement Evelyn. (Après un petit silence elle reprit d'une voix perplexe :) Je croyais qu'Inez ne travaillait qu'à mi-temps à l'hôpital?

– Je ne sais pas. Elle est partie précipitamment avant 8 heures ce matin et elle a dit qu'elle ne serait pas de retour avant ce soir.

– Douze heures à la salle d'opération? Saint-Chad ne peut pas manquer de personnel à ce point?

– Je ne pense pas. Inez est surveillante et chargée du service de la Maternité. A partir d'aujourd'hui.

– Inez? Quelle chose extraordinaire! s'écria Evelyn comme si elle n'en croyait pas ses oreilles. C'est un service très exigeant, je ne pensais pas que c'était dans ses cordes.

– Je n'en sais rien, mais il y a une nouvelle directrice et il paraît qu'elle fait de grands changements. Ils ne l'apprécient pas du tout... je parle de Patrick et d'Inez, dit franchement Billie.

– Quel dommage!

Penchée en avant, Evelyn tendait les mains vers le feu. Quand elle ne souriait pas, elle paraissait plus âgée, remarqua Billie, mais les faibles rides autour de ses yeux et de sa bouche avaient été creusées par le rire et non par la tristesse. Le visage d'Evelyn était le visage heureux d'une femme qui a trouvé l'amour et qui se sait aimée. Il n'y avait aucune trace d'orgueil dans ses traits mobiles, délicatement ciselés, ils exprimaient la bonté et la compréhension.

Je pourrais lui parler de Sean, se dit brusquement Billie. Elle saurait ce que j'éprouve. Peut-être a-t-elle jadis senti la même chose pour Patrick. Je ne crois pas qu'elle l'ait plaqué parce qu'elle avait peur des commérages. Elle doit avoir compris qu'elle n'était pas assez résistante pour être sa femme. Elle souhaitait une vie de famille. Moi aussi, je le devine...

– Que cette maison est silencieuse! murmura Evelyn comme si elle pensait tout haut.

– N'est-ce pas? On a envie d'entendre aboyer un chien ou miauler un chat ou même gazouiller un canari, approuva Billie avec conviction. Le feu a pris. Je vais aller faire du café.

– Merci.

Quelle gentille gosse! décida Evelyn lorsque Billie eut couru vers la cuisine, mais était-elle ici dans son élément? Ce ne doit pas être tout à fait facile ou agréable d'habiter chez deux personnes si absorbées par leur travail. Bien qu'elle les aimât beaucoup tous les deux, ainsi que le prouvait sa venue pour avertir Inez, Evelyn n'avait pas eu l'intention de coucher une nuit chez eux. De l'auberge où elle s'était arrêtée pour boire du thé, elle avait téléphoné aux Denyer pour annoncer sa visite. Il ne lui vint même pas à l'idée qu'elle ne serait pas la bienvenue. Rosemary et elle étaient amies intimes depuis l'époque de leurs études et Christopher avait été très bon pour elle et les enfants quand elle s'était installée à West Wheystone pendant une absence de Val.

Evelyn ne voulut pas se rappeler que Christopher aurait volontiers été pour elle plus qu'un bon camarade. Elle avait un don inné pour oublier les incidents pénibles du passé ou laisser au temps le soin de les atténuer. Pourquoi ruminer des souvenirs désagréables? Pourquoi ne pas accorder aux gens le bénéfice du doute? ripostait-elle quand Val quelquefois la taquinait sur l'aversion qu'elle montrait à regarder en face les faits ennuyeux. Elle se souvenait de la bonté de Christopher, de sa sollicitude pour elle et non de sa passion embarrassante quoique passagère.

Billie et elle parlaient du Dr et de Mrs Raine, « mes deux meilleurs amis », comme les appelait Evelyn avec sincérité, lorsque Patrick rentra.

– Je sens une odeur de café, remarqua-t-il en pénétrant dans la pièce. Une tasse ne me ferait pas de mal...

Il s'interrompit, les sourcils froncés, en apercevant Evelyn dans le fauteuil près du feu.

– Evelyn? Quelle surprise! s'écria-t-il. Nous ne t'attendions pas, n'est-ce pas?

– Non, si tu n'as pas le don de double vue, répondit Evelyn souriante. Je ne me suis décidée à venir qu'au début de l'après-midi.

– Rien de fâcheux, j'espère? interrogea-t-il avec un soupçon d'inquiétude dans son regard et dans sa voix, comme si sa belle-sœur ne pouvait lui apporter que de mauvaises nouvelles. Mon père? Oncle Lawrence?

– Tous les deux se portent très bien. J'ai simplement eu envie de voir mes vieux amis de West Wheystone, répondit Evelyn.

Mais aux oreilles de Billie, la légèreté de son ton sonnait un peu faux et Patrick lui jeta un regard scrutateur.

– Que se passe-t-il à Saint-Chad?

– Nous avons eu pas mal de tempêtes. De l'agitation, du mécontentement, des grèves, des protestations, le diable et son train, répondit Patrick soucieux. Et de plus une véritable sorcière venue remuer le contenu du chaudron, sous la forme d'une nouvelle directrice.

– Quelle malchance!

– C'est une bureaucratie mesquine. Elle ne s'occupe que d'administration. Les malades sont pour elle des numéros à moins que ce ne soit des malades en chambre particulière, expliqua Patrick d'un air farouche. Ce matin, elle a eu le culot de me demander ma liste et d'insinuer que, si je travaillais pour le service de Santé national, je n'avais pas le droit d'opérer des malades particuliers. Elle a suggéré que le malade en question soit mis à la fin d'une très longue file d'attente.

– Qu'as-tu répondu?

Il y avait maintenant un soupçon de crainte dans le regard et la voix d'Evelyn.

– Je lui ai dit que l'opération en question, une greffe du rein, était d'une extrême urgence. Le pauvre malheureux n'attendait que depuis trop longtemps. Si on lanternait encore, il n'aurait plus besoin d'opération, répondit Patrick d'une voix furieuse. Je lui ai demandé si elle avait l'intention d'éliminer tous les malades particuliers en les tuant un à un. Je lui ai rappelé que mon métier consistait à sauver des vies.

– C'est la vérité, bien entendu, mais elle a dû penser que tu manquais de tact, fit remarquer Evelyn d'un ton méditatif.

– Du tact! Que le ciel m'accorde la patience! Un revolver pointé contre sa tête serait le seul genre de tact que comprendrait cette sorcière. Je croyais l'avoir domptée mais elle est revenue à la charge avec une suggestion encore plus saugrenue. Elle voudrait que les honoraires soient mis en commun et toutes les interventions également réparties. Ce n'est pas juste, paraît-il, de ne pas donner des chances égales aux jeunes chirurgiens.

– Des chances égales? répéta Evelyn qui esquissa une grimace. Sans tenir compte du talent?

– Précisément. J'ai répondu que mes clients ne seraient pas soumis à la vivisection afin que les jeunes chirurgiens se fassent la main sur eux, dit Patrick avec un faible sourire. Si elle veut intervertir les rôles en donnant aux jeunes chirurgiens les opérations compliquées et à moi les ablations d'amygdales et les appendicites, elle perdra bientôt un chirurgien et un grand nombre de malades.

– Oh Pat! s'écria Evelyn en secouant la tête. Pourquoi ne te fais-tu que des ennemis? Tu es idiot quelquefois.

– Mais Patrick a raison. Ce serait un crime de confier à un débutant une greffe du rein ou une opération à cœur ouvert, répliqua Billie.

– D'accord! Mais elle ne serait pas allée si loin. Ce n'était ni charitable ni raisonnable de lui faire sentir à quel point elle se trompait, expliqua Evelyn. Une femme comme elle ne peut supporter une rebuffade.

– Les femmes comme elle ne devraient pas être nommées directrices d'un hôpital comme le nôtre. Elle a dû jeter un charme magique sur les membres du Conseil d'Administration ou bien elle connaît un personnage influent. Il paraît qu'elle calcule le temps que nous passons à nous laver les mains, à boire une tasse de café et à écrire nos rapports, raconta Patrick. Elle croit que tous nos actes devraient être chronométrés comme si nous travaillions en usine. Si elle continue, je quitterai l'hôpital.

– Oui, approuva Evelyn, devenue très grave. Je craignais bien que les piqûres d'épingle sans cesse renouvelées ne te fassent cet effet.

– Tu craignais? répéta Patrick, les yeux fixés sur elle. Tu ne sais rien de la situation, et tu t'en moques, Evelyn! Tu es une heureuse mère de famille. Tu ne connais plus rien de nos troubles et de nos difficultés.

– C'est vrai et je m'en félicite. De temps en temps j'entends des rumeurs, dit Evelyn. N'est-ce pas ta chère femme qui arrive? Dieu soit loué! s'exclama-t-elle avec soulagement.

12

– Encore en retard! s'écria Patrick d'un ton qui n'exprimait pas la résignation. De quoi s'agissait-il cette fois? La directrice comptait le nombre de langes employés?

– C'est plus sérieux, protesta Inez en se dégageant de l'étreinte affectueuse d'Evelyn. Je suis dégoûtante. Il faut que j'aille vite prendre une douche. Je suis ravie de te voir, Evelyn, mais tu aurais pu nous prévenir.

– Cela aurait-il fait une différence? demanda Evelyn avec une petite grimace ironique.

– Non, sans doute. Nous avons de nouveaux ennuis. Une femme a eu une violente hémorragie et son gynécologue assistait à une réunion de protestation à Exeter. Heureusement j'ai réussi à mettre la main sur ton ancien protégé, Patrick. Un type parfois exaspérant mais qui se tire d'affaire dans un cas urgent.

– Qui? interrogea Patrick.

– Ce rouquin irlandais, O'Halloran.

– Il n'est pas irlandais. Il n'a jamais mis le pied en Irlande. Pourquoi parlez-vous toujours de lui comme si c'était un membre de l'I.R.A.? s'écria Billie avec emportement. C'est terriblement injuste. Et qu'a donc la couleur de ses cheveux à voir avec son travail?

– Grand Dieu! Vous jetez feu et flamme! riposta Inez étonnée. Vous le connaissez? Comment est-ce possible?

Les joues de Billie s'étaient empourprées et ses yeux jetaient des éclairs.

– Nous nous connaissons, répliqua-t-elle avec un accent de défi. Maman faisait quelquefois des achats dans le magasin de son oncle. Et Sean O'Halloran était dans l'hôpital où je faisais mes études.

– Vraiment? Quelle coïncidence que vous vous retrouviez tous les deux ici! commenta Patrick.

Les lèvres d'Evelyn frémirent de nouveau. Elle jeta à Billie un regard amusé mais sympathique comme pour montrer qu'elle ne croyait pas à une coïncidence.

Inez machinalement défroissait sa blouse tachée et chiffonnée.

– Es-tu très pressée, Evelyn? Il faut absolument que je prenne une douche et que je me change avant de dîner, annonça-t-elle. Tu restes, n'est-ce pas? Nous n'aurons que du bacon et des œufs. Nous n'avons pas le temps de faire cuire un rôti.

– Je regrette. J'avais l'intention de préparer quelque chose. Je vais m'occuper du bacon et des œufs pendant que vous prenez votre douche, proposa Billie.

– Bon. Viens avec moi, je bavarderai avec toi tout en me changeant, suggéra Inez à sa belle-sœur.

Evelyn se leva avec empressement. Cinq minutes plus tard, assise sur le tabouret devant le long miroir de la grande salle de bains, Evelyn renouvelait son discret maquillage.

– Comme tu l'as deviné, c'est toi que je suis venue voir. Pour t'avertir. J'ai reçu une visite très inquiétante.

– De qui? demanda Inez dans le ruissellement de la douche.

– De la plus jolie fille que j'aie jamais vue. Elle s'est présentée sous le nom de Mrs Nicholas Brown. Il paraît que son mari est le fils unique de Sir Max Debrune, mais il a refusé de changer de nom comme son père.

– Max Debrune! Oh! Tu veux dire le milliardaire que ta chère cousine Ursula a épousé?

– Oui. La jolie Mrs Brown a cru que j'étais la femme de Patrick et elle est venue me donner un avertissement. Son mari et elle ont passé quelques jours à Falmouth. Elle a appris que les Elbure étaient orginaires de la Cornouaille et elle a cherché l'adresse dans l'annuaire.

– Pourquoi?

– Je regrette que tu n'aies pas été là. C'est une femme adorable, comme on en voit peu; elle fait l'effet de ne pas appartenir à notre monde et elle a eu l'air sincèrement inquiète pour Patrick et pour toi.

– Nous ne connaissons personne qui réponde à cette description.

– Oh non! Elle ne vous a jamais vus... mais... (Evelyn mordilla sa lèvre inférieure :) C'est la belle-fille d'Ursula. Elle a été soignée dans la clinique privée où Ursula est allée en quittant Saint-Chad.

– Parce que la directrice l'avait renvoyée. Ne dore pas la pilule, Evelyn! s'écria Inez impatiente. Eh bien, que fait Ursula?

– Tu as probablement appris qu'elle dirige cet hôpital privé de grand standing que Max Debrune avait fait construire pour ses ouvriers? Dernièrement, il l'a agrandi considérablement parce que son personnel protestait contre le manque de places des hôpitaux du Service de Santé; maintenant on y reçoit les membres de la famille des employés.

– Un bon point pour lui. Et alors?

Inez sortit des rideaux de la douche sans aucune gêne et tendit la main vers un grand drap de bain, vert pâle comme le carrelage et les murs. Evelyn la regarda avec une admiration exempte d'envie. Elle admirait l'éclat des cheveux d'Inez et sa silhouette souple, comme elle admirait la salle de bains et ses accessoires. Il ne lui venait pas à l'esprit de regretter que son propre corps fût déformé par les maternités et que les salles de bains du presbytère, des Sources et des appartements meublés qu'elle avait habités de temps en temps avec Val, ne lui fussent pas comparables.

Mise au pied du mur, Evelyn aurait déclaré en toute

bonne foi qu'elle possédait tout ce qu'elle désirait. La beauté, la richesse et le luxe n'avaient jamais figuré dans ses souhaits.

– Cela va te paraître trop romanesque et tu ne croiras pas à une coïncidence mais, semble-t-il, Ursula a trouvé que Nicholas Brown ressemblait à Pat. Elle s'est donné beaucoup de mal pour gagner les bonnes grâces de Nicholas qui, soit dit en passant, est médecin. Elle lui a fait épouser une de ses malades et ensuite elle a épousé son père qui est un vrai Crésus.

– C'est de l'histoire ancienne, fit remarquer Inez en se frictionnant vigoureusement.

– Pas tout à fait. Les Debrune ont fait tout ce qu'ils ont pu pour persuader le Dr Nicholas Brown de prendre la direction de leur hôpital; il ne s'est pas laissé tenter. Maintenant ils envisagent d'attirer Pat chez eux.

– Patrick! Dans un petit hôpital privé? Quelle idée ridicule!

– Tu crois? Est-ce tellement ridicule? C'est un très grand hôpital qui s'agrandit sans cesse. C'est la passion d'Ursula et, selon toute apparence, Max est toujours fou d'elle. Tout à l'heure, Pat avait l'air d'en avoir pardessus la tête de Saint-Chad.

– Nous sommes tous à bout de nerfs. La situation est difficile mais elle s'arrangera. Le ministre sera obligé d'accorder aux médecins et au personnel de meilleures conditions. Nous sommes tous les deux pour la nationalisation des hôpitaux. Il faut simplement changer les méthodes.

– Tu ne crois pas que Pat serait tenté si on lui donnait carte blanche? demanda Evelyn après une hésitation. Bien entendu, cela entraînerait des contacts journaliers avec Ursula...

– J'aimerais que sa famille et toi, vous n'appeliez pas mon mari « Pat ». Ce n'est plus un petit garçon.

Inez s'emportait rarement, mais elle avait passé une

journée épuisante et, dès le début, le diminutif enfantin l'avait irritée. « Val » à la place de « Valentin », c'était très bien car le nom de Valentin n'allait pas du tout à un homme aussi robuste et aussi masculin. Le cas de Patrick était tout différent. Il avait trop de responsabilités, il était trop austère pour être appelé « Pat ».

– Excuse-moi, murmura Evelyn. Tu es fatiguée par ton travail? Diriger la Maternité a toujours été éprouvant pour les nerfs. Il y a tout le temps de l'imprévu et l'on n'a pas une minute de repos.

Pour une fois la douceur d'Evelyn n'apaisa pas son courroux. Inez qui, pas plus tard que la veille, avait désiré une conversation cœur à cœur avec Evelyn, maintenant la foudroyait du regard.

– En quoi cela te concerne-t-il d'ailleurs? Imagines-tu connaître mon mari mieux que moi? s'écria-t-elle.

– Bien sûr que non. En réalité c'est Val qui a pensé qu'il fallait que vous soyez avertis, Pat et toi. Val serait bien venu mais il a dit que cette tête de mule de Pat prendrait peut-être la mouche et qu'il était plus sage que je t'alerte, expliqua Evelyn. Excuse-moi si je t'ai exaspérée mais c'était avec les meilleures intentions du monde. A mon avis, les vraies coïncidences sont aussi rares que les vraies ressemblances.

– Par exemple, le jour où Patrick m'a prise pour toi?

– Oh Inez! protesta Evelyn d'un ton de doux reproche. Tu ne m'en veux pas encore, je suppose? Il faisait presque nuit, la première fois qu'il t'a vue, à un endroit où il m'avait souvent rencontrée. N'importe qui aurait fait la même erreur. Je pense qu'Ursula n'est pas guérie de sa passion pour Patrick et qu'elle a essayé de se persuader que Nicholas Brown lui ressemble. Elle doit bien s'être rendu compte des différences. A en croire sa femme, Nicholas Brown n'a aucune ambition et il a toujours refusé l'argent et l'influence que son père mettait à sa disposition.

– Veux-tu insinuer que Patrick est ambitieux ou intéressé?

– Oh chérie! Tu es bien susceptible ce soir. Il vaut mieux que je m'en aille, constata Evelyn avec résignation. L'arrivée de cette séduisante enfant t'a contrariée?

– Qui? Billie Primmer? Grand Dieu, non!

Inez sortit de la salle de bains, enveloppée dans la grande serviette. Après un moment d'hésitation, Evelyn se leva pour la suivre.

– En temps normal tu n'es pas si nerveuse.

Evelyn jeta un regard pensif sur la taille mince d'Inez qui enfilait un pantalon marron.

– Tu attends peut-être un bébé?

– Grand Dieu non! Je n'ai pas le temps.

Avec des mouvements rapides et adroits, Inez enfila un chemisier marron et passa un pull-over écarlate par-dessus sa tête. Elle s'assit devant la coiffeuse pour brosser ses cheveux. Dans la glace, elle aperçut l'image d'Evelyn. La jeune femme, adossée contre la porte, avait une expression inquiète dans ses yeux bruns. Aussitôt Inez fut frappée de remords.

– Excuse-moi, chérie! Je suis d'une humeur de chien ce soir. Par sollicitude pour nous, tu as abandonné ta famille bien-aimée, tu as fait ce long trajet pour venir ici et moi je ne t'ai dit que des choses désagréables.

– C'est sans importance. Je crois que j'ai mis les pieds dans le plat, mais Mrs Brown parlait si sérieusement... et Ursula est ma cousine, déclara Evelyn. Je connais l'esprit tortueux d'Ursula et elle a la puissance de l'argent.

– L'argent ne tenterait pas Patrick.

– Non, bien entendu. Mais à force de tracasseries,

on pourrait l'obliger à quitter Saint-Chad, n'est-ce pas? Et comme je l'ai dit, je ne crois pas aux coïncidences.

– Il y en a, quelquefois. Par exemple, Billie Primmer qui vient du même hôpital canadien que notre interne révolté.

Evelyn fut sur le point de dire : « Si tu vois là une simple coïncidence, c'est que tu ne connais pas la nature humaine. Cette fille a suivi ce garçon ici, cela saute aux yeux... »

Ce n'était pas à elle à trahir les secrets de Billie Primmer, réfléchit-elle. Quand Billie voudrait que les Elbure soient au courant, elle leur révélerait tout elle-même.

– Je faisais allusion à cette nouvelle directrice, dit-elle tout haut. Elle semble exaspérer Pat. Est-ce simplement une coïncidence qu'elle vienne tout droit de Debrune?

– De Debrune?

– Je crois que l'hôpital est dédié à Sainte Ursula mais tout le monde l'appelle le Debrune. Oui, Hermione Kirtonberry était sous-directrice, assistante d'Ursula et son esclave dévouée, d'après ce que m'a dit Mrs Brown.

– Zut! murmura Inez, sa brosse en l'air. Si c'est exact, cela commence à être louche.

– C'est ce que nous avons pensé, Val et moi. Surtout Val. Il a toujours détesté Ursula et se méfie d'elle, convint Evelyn. Je ne peux pas croire que, dans sa situation actuelle, elle poursuive encore Pat. Val prétend qu'une femme comme Ursula ne pardonne ni n'oublie jamais.

– Val imagine que notre nouvelle directrice a été introduite à Saint-Chad tout exprès pour nous harceler, Patrick et moi? C'est vraiment tiré par les cheveux. Cela ne correspond pas non plus au caractère de miss Kirtonberry, protesta Inez. C'est une peste mais je parie qu'elle est sincère. Elle fait des économies ridicules pour l'hôpital. La surveillante du service des malades non hospitalisés a été à deux doigts de la crise de nerfs cet après-midi. La directrice lui a imposé de rendre toutes les fioles de médicaments vides et lui a fait une scène parce que la pauvre femme refusait de les compter.

– Oh, je ne crois pas qu'il y ait jamais eu une conspiration entre Ursula et elle, reprit Evelyn. Il est plus probable qu'Ursula a été assez rusée pour deviner que cette mouche du coche exaspérerait Patrick.

– Inez! le dîner est prêt!

La jeune voix de Billie montait d'en bas.

– Nous arrivons! répondit Inez.

Elle se leva d'un mouvement souple et donna à Evelyn une petite tape affectueuse.

– Merci, Evelyn! Une femme avertie en vaut deux. Je ne m'attends pas à une lutte sérieuse parce que Patrick partage mon antipathie pour Ursula et ses machinations, mais j'aurai Hermione Kirtonberry à l'œil.

– Tu feras bien, approuva Evelyn.

Dans l'escalier, Billie les attendait.

– Je viens d'y penser. Faut-il que je prépare un lit pour Evelyn? demanda-t-elle ingénument. Elle ne retournera pas ce soir en Cornouaille, n'est-ce pas?

Inez et Evelyn échangèrent un rapide regard. Celui d'Evelyn était à la fois résigné et amusé. Le sourire d'Inez se teintait d'exaspération. Ni l'une ni l'autre n'étaient à cheval sur l'étiquette et n'aimaient les conventions, mais l'usage de leurs prénoms, par cette jeune fille qui les connaissait à peine, était un peu irritant. Et elle outrepassait ses droits en se croyant responsable du bien-être de la visiteuse.

– Merci, mais je passe la nuit à West Wheystone, répondit Evelyn aimablement.

– A la maison du docteur? demanda Inez. Maman sera enchantée.

– Oh non, je ne veux pas déranger ta mère. J'ai téléphoné à Rosemary pour m'inviter chez elle. Il y a une éternité que je ne l'ai vue.

– Quelle a été la réaction de Rosemary? A-t-elle paru contente?

– J'ai téléphoné d'une auberge et la communication n'était pas très bonne. Rosemary avait l'air nerveuse et fatiguée, mais c'était justement le moment de la consultation, répondit Evelyn qui plissa les yeux. Qu'y a-t-il? Pourquoi ne serait-elle pas contente?

Inez attendit que la tête blonde de Billie eût disparu dans le vestibule.

– Je suis très inquiète au sujet de Rosemary, mes parents aussi, dit-elle en baissant la voix. Depuis sa seconde fausse couche, elle a changé du tout au tout. Elle attend un autre enfant, beaucoup trop tôt de l'avis de papa. Maintenant elle est obsédée par la crainte de perdre son bébé... et de perdre Christopher. Elle lui mène la vie dure et ils sont très malheureux tous les deux.

– Oh! Pauvre Rosemary!

– Et pauvre Christopher! « Elle le guette comme un chat guette une souris », dit Maman. Elle a besoin d'une aide qu'elle refuse et s'entête à ne pas vouloir cesser son travail.

– J'essaierai de la raisonner, promit Evelyn.

La table était mise et le feu brûlait gaiement. Les tranches de jambon et les œufs pochés sur des toasts croustillants étaient parfaits. Billie avait même trouvé des petits pains qu'elle avait passés au four. Elle les avait disposés tout chauds dans une corbeille recouverte d'un napperon et encadrés par le beurrier et le plateau de fromages.

Inez pensa qu'elle devrait éprouver de la reconnaissance pour son invitée au lieu d'être irritée par elle.

Billie essayait de faire plaisir. Si sa familiarité et sa connaissance des affaires de la famille semblaient déplacées, chez une fille arrivée la veille, ce n'était pas sa faute. Molly Raine et la volumineuse correspondance échangée avec son amie d'enfance étaient responsables de l'intimité de Billie avec les Raine et les Elbure.

« En général, les enfants ne s'intéressent pas tellement aux amis de leurs parents, pensa Inez. Je n'avais que des idées vagues sur les deux filles de la chère Jane de maman. Je n'écoutais que d'une oreille distraite quand maman me lisait des passages des lettres de Jane Primmer. C'est sans doute parce qu'elle a connu Patrick aux Etats-Unis que Billie s'est prise de curiosité pour les Elbure... »

Billie parlait à Evelyn de ses enfants et de ses beaux-parents comme si elle les connaissait personnellement. Du moins, comme sujet de conversation, Watersfall et ses habitants étaient préférables à Saint-Chad. Dans son humeur présente, Inez souhaitait oublier les émotions et les fatigues de la longue journée. Son premier jour de surveillante à la Maternité... Elle avait bien failli voir mourir une de ses accouchées. Si O'Halloran n'avait pas eu ce pressentiment à propos de Mrs Bruce... et s'il n'avait pas répondu à son appel...

– Vraiment, il faut que je parte, insista Evelyn en posant sa tasse à café. Inez est à bout de forces et je suis éreintée. Nous ne sommes plus de la première jeunesse, elle et moi.

Tous sourirent mais le sourire d'Inez s'effaça aussitôt. Evelyn faisait une de ses petites plaisanteries qui ont le piquant de la vérité. Evelyn avait dépassé trente ans maintenant, elle avait dix ans de plus que Billie. Inez elle-même fêterait bientôt son trentième anniversaire et qu'avait-elle accompli? Evelyn avait un mari qui l'adorait, un garçon et une fille qui poussaient à merveille. Evelyn avait une vie de famille, bien qu'elle n'eût pas de maison à elle.

Un jour, lorsqu'elle faisait visiter son pavillon à Evelyn, Inez lui avait demandé impulsivement :

– N'as-tu pas envie de t'installer chez toi?

– Un peu, quelquefois, avait avoué Evelyn, mais rappelle-toi que le père de Val et le mien ont besoin de nous. Oncle Willoughby ne pourrait pas diriger les Sources sans Val... mais un jour nous aurons notre maison.

– En attendant, Béatrice Elbure, qui n'est que la belle-mère de Val, dirige tout aux Sources.

– C'est aussi ma tante. Elle s'occupait de papa et de moi avant d'épouser Oncle Willoughby. A sa façon, elle compte un peu sur moi.

– Tes relations de famille sont terriblement compliquées.

– Cela m'est égal, avait affirmé Evelyn. Nous ne sommes pas comme toi et Pat, Val et moi, nous ne tenons pas tant à notre indépendance. L'endroit où je suis avec Val et les enfants est mon foyer.

– Voilà donc Evelyn! Je suis contente d'avoir eu l'occasion de la voir, fit observer Billie sur les marches du perron tandis que la voiture s'éloignait. Elle est toute différente de l'image que je me faisais d'elle... Ce n'est pas du tout le genre sirène.

– Sirène? Evelyn? répéta Patrick étonné. Qu'est-ce qui vous a donné cette idée? C'est une excellente mère de famille, comme Mrs Raine, absorbée par son mari et ses gosses. Evelyn n'a rien de brillant et d'extraordinaire.

– Quelle impression vous fait-elle? demanda curieusement Inez.

Patrick rentrait déjà dans la maison, mais Inez et Billie s'attardaient à regarder les feux arrière qui s'éloignaient tandis qu'Evelyn descendait lentement l'avenue.

– Je l'ai trouvée adorable. Sympathique et si compréhensive, c'est facile de lui parler, on n'a pas à surveiller sa langue. Elle n'est pas tellement séduisante à regarder, mais j'imagine que son mari et tous les membres de sa famille, jeunes et vieux, l'adorent, dit lentement Billie. Vous avez une maison ravissante mais je devine qu'Evelyn fait un foyer partout où elle est, comme un oiseau fait son nid.

« Vous avez tout à fait raison! » pensa Inez avec un serrement de cœur.

Après un signe de tête, elle se tourna pour suivre Patrick.

Qu'avait-il répondu bien des années auparavant, quand elle avait porté le même jugement sur Evelyn.

« Ma chérie, laisse les nids aux poules couveuses! Les gens qui veulent gravir les montagnes ont besoin d'ailes plutôt que de nids. Combien de temps passons-nous chez nous? »

Elle avait admis qu'il n'avait pas tort. Elle l'admettait maintenant. Mais pour une femme vient un moment où, pendant une ascension difficile, elle perd le goût du succès, et aspire au confort et à la chaleur de son foyer.

13

– Oui, bien sûr, c'est une excellente idée. J'aurais dû y penser, se hâta d'approuver Inez. Même deux jours de repos complet seraient les bienvenus. Si vous êtes sûre que vous pouvez vous débrouiller, Billie?

– Pourquoi pas? Je suis infirmière, répliqua Billie avec une dignité cocasse.

– Excusez-moi. On oublie facilement. Vous paraissez si absurdement jeune, déclara sincèrement Inez. Les allées et venues?

– Chris... Le Dr Denyer viendra me chercher dès qu'il aura fini de déjeuner. Evelyn a persuadé Rosemary de rester au lit, au moins jusqu'à midi, expliqua Billie. Evelyn a accepté de passer encore une nuit chez les Denyer.

– Parfait! Un bon point pour Evelyn, répliqua Inez avec un soupçon d'ironie. Il semble que Rosemary a suivi ses conseils.

– C'est ce qu'on fait d'habitude, je pense. Surtout parce qu'elle sait si bien écouter, déclara Billie d'un air sagace. Je vais mettre les assiettes dans la machine à laver la vaisselle et j'irai m'habiller.

– Vous n'avez pas besoin de vous mettre en uniforme pour la consultation.

– Non, mais cela donne confiance aux malades... et en moi aussi, répondit Billie. Les gens respectent l'uniforme d'une infirmière, les hommes n'osent lui tirer les cheveux ou lui pincer les fesses.

Patrick se mit à rire.

– Le font-ils? Quand vous ne portez pas d'uniforme? Et quelle est votre réaction?

– Cela dépend de l'homme, répliqua Billie. Et s'il y a des spectateurs ou non.

– Aucun malade de West Wheystone ne se livrera à de telles plaisanteries, fit remarquer Inez sèchement.

– Qui sait? Une jeune et jolie infirmière au lieu d'une femme mariée à l'air maussade! Ce spectacle peut rajeunir les vieux cœurs, suggéra Patrick.

Inez manifesta quelque contrariété.

– Tu parles comme Val, cela ne te ressemble pas. C'est une blague d'écolier.

– Cela fait du bien de temps en temps. Dieu sait que maintenant on n'a plus souvent l'occasion de rire à Saint-Chad! déclara Patrick avec conviction. Nous risquons de perdre notre sens de l'humour et aussi notre sens des proportions.

– Moi aussi? Merci!

– Eh bien, tu prends ton nouveau travail très au sérieux, n'est-ce pas? A quelle heure rentreras-tu ce soir? demanda Patrick.

– Dieu seul le sait! Mais la consultation de papa est terminée à 7 heures et Billie sera de retour à temps pour préparer le dîner. Tu n'auras pas besoin de m'attendre, riposta Inez.

– A moins que je ne reste à West Wheystone. Evelyn m'a conseillé de demander à votre mère de me loger pendant deux nuits, intervint Billie d'une voix hésitante. De cette façon, je pourrais aider Mrs Denyer à faire son ménage.

– Je doute qu'elle vous en soit reconnaissante. Evelyn...

Inez n'acheva pas la phrase qui allait sortir de ses lèvres. En voulait-elle à Evelyn de sa sollicitude pour leur amie commune? Etait-elle stupidement blessée parce que Rosemary avait écouté Evelyn plutôt qu'elle? Mais Rosemary et Evelyn avaient fait leurs études ensemble, comme Christopher et elle. Rosemary était peut-être encore un peu jalouse du premier amour de son mari. Evelyn avait le don de désarmer la jalousie. Visiblement elle n'avait de pensées que pour son mari.

– Il faudra que j'aie beaucoup de tact, décida Billie. Si cela ne vous dérange pas que je reste là-bas?

– Pas du tout. Ne soyez pas surprise ou fâchée si Mrs Denyer ne vous accueille pas à bras ouverts, avertit Inez.

Billie monta en courant pour se changer.

– Est-ce prudent, demanda Patrick non sans embarras, d'exposer cette enfant au charme bien connu du jeune docteur?

– J'imagine que Billie est d'âge à se conduire. Elle

n'est pas inexpérimentée. Pourquoi t'en prendre à Chris? Ce charme que tu dénigres est un atout au chevet des malades.

– Tu dois le savoir.

– Que veux-tu dire?

Inez fut terrifiée d'entendre la sécheresse de sa voix. Avait-elle jamais pris ce ton pour parler à son mari? Qu'avait-elle? Sûrement elle n'était pas assez mesquine pour lui en vouloir de sa sollicitude à l'égard de Billie?

– Rien. Rien. Excepté que quelquefois je voudrais que nous soyons loin d'ici, seuls tous les deux, répondit Patrick, et maintenant lui aussi parlait d'un ton coupant. Depuis notre mariage, j'ai été obligé de te partager... avec tes parents, tes amis et l'hôpital. Avec ma famille aussi, de temps en temps. Quelquefois, j'ai envie de rompre avec tout le monde...

Elle le regarda avec inquiétude. Patrick exprimait-il une nostalgie permanente? Ou était-ce un désir qui lui venait à l'esprit? Sûrement, s'il avait reçu une offre de Debrune, il lui en aurait fait part...

Elle ne savait si elle devait se réjouir ou s'affliger de l'amour exclusif qu'il avait pour elle. Elle n'eut pas le temps de l'interroger. La pendule sur la cheminée sonnait... il était 8 heures moins un quart et elle se retint de pousser un soupir. Ce matin, elle s'était levée à 6 heures et demie. Comment le temps avait-il passé?

– Il faut que je me sauve, dit-elle à regret. A ce soir.

Elle mit un baiser léger sur le front plissé de son mari. Aussitôt Patrick la prit dans ses bras.

– Non, chéri, je t'en prie...

Non sans peine, Inez se dégagea et se dirigea vers la porte. Tandis qu'elle redressait machinalement sa coiffe, elle eut l'impulsion soudaine et absurde de l'arracher et de se jeter dans les bras de Patrick.

Mais elle devait se hâter et passer devant les bâtiments familiers, où le verre et le nickel se mêlaient au béton, qu'elle avait toujours considérés comme le territoire de Patrick et le sien. Elle prit le raccourci, à travers les massifs, où, par cette soirée obscure, plusieurs années auparavant Patrick, rentrant des Etats-Unis, l'avait serrée contre lui et appelée « Evelyn ». Evelyn lui avait demandé avec un peu d'ironie si elle lui en voulait encore. Inez souriait maintenant de cet incident. Si Patrick n'avait pas commis cette erreur dans l'obscurité, il n'aurait peut-être jamais remarqué Inez Raine.

Chose étrange, son nom de jeune fille était resté attaché à elle – ou elle à lui. A l'hôpital, elle était toujours Inez Raine ou la surveillante Raine. Avait-elle délibérément gardé sa propre identité? Ou l'idée de la confondre avec celle de son mari lui aurait-elle déplu? Etait-elle, dans son inconscient, championne de la liberté de la femme? Personne, Inez le pensait avec gêne, n'aurait appelé Evelyn autrement que « Evelyn Elbure » ou « la femme de Val Elbure » et Evelyn en était satisfaite. Interrogée, elle aurait avoué d'un ton d'humilité que sous le nom de « Evelyn Shelley » elle n'avait remporté aucun brillant succès.

C'était peut-être la réponse. Quand on s'est fait une réputation, même restreinte, il en coûte de l'abandonner. La surveillante Raine était quelqu'un à Saint-Chad. Ou du moins elle l'avait été sous le règne de l'ancienne directrice. Se rappelant son oubli de la veille, Inez traversa le grand hall et s'arrêta devant le tableau d'affichage.

Son nom lui sauta aux yeux... « La surveillante Raine est priée de se rendre au bureau de la directrice à 10 heures 30 ». Au-dessus de cet avis s'en trouvait un autre : « L'infirmière diplômée Wakefield est priée de se rendre au bureau de la directrice, vendredi, à 10 heures. »

– Zut! murmura Inez entre ses dents. Cette vieille taupe de Wakefield a donc demandé son changement et sans doute la directrice va me passer un bon savon pour ne pas coopérer avec mon personnel.

Le travail de la journée commençait mal. Miss Wakefield était vieux jeu et de caractère difficile mais on pouvait compter sur elle. Inez n'était pas sûre que ce serait le cas de l'infirmière diplômée Minty. En secret, elle soupçonnait que l'avancement de Maureen Minty n'était dû qu'à une sévère pénurie de personnel. D'après les premières observations d'Inez, Minty était paresseuse, distraite sinon tout à fait négligente, et toujours prête à colporter des commérages.

Quand elle poussa la porte, Inez fut accueillie par la cacophonie habituelle. Des voix criardes résonnaient dans la première salle, celle qui donnait toujours le plus de fils à retordre.

– Bonjour, mesdames, eh bien, que se passe-t-il? demanda Inez en jetant un regard rapide et expérimenté sur les occupantes des lits.

– C'est une sans cœur! s'écria Lena Hickory d'une voix stridente en montrant du doigt Juliette Parvis. Vous ne me croirez pas, madame la surveillante, elle ne veut pas garder son bébé.

– Vous non plus si c'était le sixième en sept ou huit ans, répondit l'autre sans aucune honte. Ce n'était qu'une plaisanterie, le Dr Denyer ne parlait pas sérieusement.

– Le Dr Denyer? répéta Inez sur le qui-vive.

– C'est lui qui me soigne, que Dieu le bénisse! Il a dit simplement qu'il voudrait bien que sa femme accouche aussi facilement. Il paraît qu'elle a eu deux fausses couches. Et j'ai répondu : « Cher docteur, si elle a un troisième accident, je lui donnerai volontiers mon gosse. » Il a eu son gentil sourire et il a répondu qu'il n'oublierait pas mon offre. Je voudrais bien qu'il l'accepte. Ce serait une grande chance pour le petit.

– Vous êtes une mère dénaturée! Vous avez un mari et une maison à vous! hurla Lena, les yeux étincelants. Pour tout l'or du monde, je ne donnerais pas mon Peter!

– Allons, calmez-vous! Sinon vous n'aurez pas de lait pour votre Peter, avertit Inez, et elle consulta la pancarte de Lena. Il est temps que votre température redevienne normale. Vos accès de colère ne vous font pas de bien.

– C'est elle qui me rend malade...

Peggy Trent, qui réprimait des bâillements et avait les yeux battus comme si elle s'était couchée très tard, était dans la seconde salle. Aidée par une élève pénétrée de ses fonctions, elle changeait les draps d'une jeune femme qui venait de vomir. L'infirmière diplômée Minty était invisible. Inez la dénicha dans une chambre particulière. Perchée sur le bord du lit de la « Parfaite Peste », elle bavardait. La malade et elle buvaient à petites gorgées un grand bol de chocolat.

– Miss Minty! s'exclama Inez qui regardait le breuvage onctueux sans en croire ses yeux. Ne savez-vous pas que Mrs Potter-Plunkett est au régime?

– Je le sais, Mrs Raine, mais elle n'a pas voulu boire du thé sans sucre et sans lait et elle a dit qu'elle avait l'habitude de prendre du chocolat, riposta Maureen Minty. Ce qu'on aime ne fait jamais mal, vous le savez. La pauvre a passé une mauvaise nuit.

– Le matelas est trop dur et cette femme ronfle, gémit Mrs Potter-Plunkett en désignant le lit en face d'elle dont la timide petite occupante tricotait une brassière rose. Je croyais qu'on devait me donner une chambre où je serais seule.

– Nous n'en avons pas de libre, répondit Inez. Votre docteur ne vous a-t-il pas recommandé de suivre le régime qui vous a été ordonné?

— Les médecins font toujours des tas d'histoires, il ne faut pas que je m'affaiblisse, j'ai besoin de choses sucrées, répliqua la « Peste » en jetant un regard coupable sur une grande boîte de chocolats ouverte près du lit. Je suis mon instinct.

— Votre instinct vous induit en erreur, voulez-vous perdre votre bébé? demanda sévèrement Inez. Vous faites exactement ce qu'il faut pour cela.

— Oh non! Non! Je ne pourrais pas supporter que quelque chose arrive. Ces longs mois de malaises... et mon mari ne me pardonnerait jamais, s'écria Mrs Potter-Plunkett. (Les larmes emplirent ses yeux d'un bleu enfantin, à demi cachés par les replis de graisse qui déformaient son visage et lui enlevaient toute beauté.) Il désire tant avoir un fils. Oh! Ne laissez pas mourir mon bébé!

— Alors obéissez aux ordres, dit Inez catégorique. Pas de chocolats. Ne grignotez rien entre les repas, à moins que ce ne soit des fruits. Il faut que vous maigrissiez et que votre tension baisse.

— Je... Je regrette, mais l'infirmière était sûre que cela ne me ferait pas de mal, balbutia Mrs Potter-Plunkett.

— Elle a eu tort.

Sous le regard sévère d'Inez, l'infirmière rougit et se leva.

— Les futures mères ont souvent des envies. Je croyais que nous devions les satisfaire, répliqua-t-elle d'un ton de défi.

— Vous avez mal compris. Malades et infirmières doivent obéir aux ordres du médecin. Si vous avez des doutes, adressez-vous à moi, conclut Inez.

— C'est donc vrai ce qu'on dit! grommela Minty. Miss Airdrie nous faisait des sermons mais elle n'était pas si autoritaire.

— Que voulez-vous dire? demanda froidement Inez.

– Oh! rien, madame la surveillante!

Maureen Minty saisit le bol de la malade et se hâta de battre en retraite.

Qu'était devenue la stricte discipline qui régnait dans les services du temps où elle était stagiaire puis infirmière diplômée? se demanda Inez découragée. Cette attitude provocante qui frisait la révolte, cette insolence à peine voilée, faisaient-elles partie du malaise qui envahissait l'hôpital comme un virus? En était-il ainsi dans tous les services ou Ruth Airdric n'avait-elle pas eu assez d'autorité pour en imposer à ses infirmières et se faire obéir?

« Je suppose que Minty demandera son changement, réfléchit Inez. Peggy Trent aussi sans doute. Et je serai accusée de favoritisme si je demande Brenda Cranston... »

Elle se présenta au bureau de la directrice, farouchement déterminée. A sa grande surprise, Hermione Kirtonberry l'accueillit gracieusement et lui offrit une tasse de café à l'arôme pénétrant.

– Détendez-vous, Mrs Raine, dit-il aimablement. Je m'excuse de vous déranger au milieu de la matinée mais j'espérais que vous pourriez m'aider de vos conseils.

– A quel sujet, madame la directrice?

– D'abord en ce qui concerne les infirmières diplômées. Je viens d'avoir un entretien avec miss Wakefield. J'ai compris qu'elle trouvait le service de la Maternité beaucoup trop fatigant. Je l'ai mise au service des malades non hospitalisés, expliqua Hermione avec calme. On peut faire confiance aux personnes âgées, mais elles s'adaptent mal aux nouvelles méthodes.

« Grand Dieu! Vous commencez à vous rendre compte des choses, pensa Inez. Tant mieux pour vous. »

– Certains esprits routiniers s'opposent automatiquement au progrès, continua la directrice. On ne peut pas les persuader malheureusement, mais on peut placer les gens qui le préfèrent en des lieux où ils ne pourront pas faire obstacle à une réorganisation. Vous me suivez, Madame?

– Parfaitement. Vous avez raison, bien entendu, madame la directrice et je vous remercie, dit Inez un peu ahurie.

Hermione hocha sa tête bien coiffée.

– Miss Primmer qui est, je crois, une des protégées de votre père, vous rejoindra lundi, mais vous manquerez encore de personnel. Avez-vous une suggestion? Voyez-vous qui pourrait remplacer Miss Wakefield?

– J'aimerais avoir l'infirmière diplômée Cranston à la Maternité mais je ne sais pas si elle acceptera son changement.

– Miss Cranston, répéta Hermione en écrivant sur un bloc placé devant elle. Merci, Mrs Raine. Comment vont les choses à la Maternité?

– Il y a certains problèmes. Je ne sais pas s'ils existent dans les autres services, répondit lentement Inez. Il y a ce que j'appelais quand j'étais infirmière dans un service, du laisser-aller et un grand manque de discipline.

– C'est ce que je craignais. La pauvre miss Airdrie était obsédée par sa religion. Je suppose que lorsque les infirmières se montraient impertinentes ou indisciplinées, elle tendait l'autre joue. Quand la désobéissance dépassait les bornes, elle s'enfermait dans son bureau et priait pour celle qui l'avait offensée, dit gravement Hermione. (Puis avec un soupçon d'humour imprévu, elle ajouta :) C'est dommage que sa secte n'admette pas les couvents. Elle aurait été heureuse, infirmière dans une communauté religieuse.

– Probablement, approuva Inez qui regarda Hermione avec un respect involontaire. Son frère et sa femme, je crois, tenteront d'élargir ses idées.

– Espérons-le. Je ne critique les opinions religieuses ou politiques de personne, mais l'hôpital doit passer le premier. La nonchalance, la négligence, l'extravagance et l'égoïsme nuisent à sa bonne marche et ne doivent pas être tolérés, dit fermement la directrice. Vous pouvez compter sur moi, j'approuverai toutes les mesures que vous jugerez nécessaires pour le bien de notre établissement :

– Merci, madame la directrice, merci beaucoup.

Inez prit congé, mal revenue de sa stupéfaction car la directrice lui avait offert son appui au lieu de lui adresser la réprimande qu'elle attendait.

« Quelle femme extraordinaire! pensa-t-elle, en se dirigeant vers son domaine où régnaient tant de difficultés. Elle parle comme si elle écrivait des discours politiques pour la télévision ou la radio. Est-ce cela qui plaisait à Ursula? Ursula qui promulguait ses propres lois? Je suppose qu'Hermione Kirtonberry a été éblouie et flattée et n'a pas percé le bluff de Sainte Ursula, et Ursula a vu en elle une assistante utile et dévouée. Cela prouve que quelquefois les extrêmes se touchent. »

« Tout de même, c'était bizarre, se dit Inez avec inquiétude. Ursula était née autocrate et croyait, semblait-il, qu'elle avait des « droits divins » sur tout ce qu'elle désirait. Hermione Kirtonberry, qui voulait que chacun eût les mêmes chances, devait l'exaspérer, bien que sa compétence et en particulier ses talents administratifs dussent lui plaire car elle avait l'amour de l'ordre. Bien entendu, Ursula était assez adroite pour se servir des outils qui paraissaient les moins utiles. Quand elle le voulait, elle avait un charme ensorcelant. C'eût été pour Ursula un jeu d'enfant de convaincre son adjointe dévouée qu'elle gaspillait ses talents à l'hôpital Debrune, qu'elle devrait aider à réorganiser un des hôpitaux nationalisés. Ursula avait probablement eu vent de la mise à la retraite de la directrice et avait poussé Hermione à briguer ce poste. Puis elle avait influencé le choix des membres du Conseil d'administration. Les gens comme les Debrune avaient partout de l'influence, pensa ironiquement Inez. Jusque-là, Mrs Debrune avait atteint ses objectifs mais peut-être avait-elle sous-estimé Hermione et sa sincérité innée.

» Quels que soient les mensonges qu'Ursula ait fait avaler à Hermione sur Patrick et sur moi, Hermione n'accepterait pas de nous nuire, j'en suis sûre, admit Inez. Elle ne se fie qu'à son propre jugement et elle a trop de bon sens pour se tromper. »

Si elle avait lu dans l'esprit de la directrice, Inez aurait découvert avec satisfaction qu'elle n'était pas loin de la vérité. Hermione fronçait les sourcils d'un air perplexe pendant qu'elle remplissait sa tasse à café. Elle avait été très frappée par la perspicacité avec laquelle Ursula jugeait les gens et leurs motivations. Ursula pouvait être impitoyable et si un membre de son personnel l'offensait, elle ne lui donnait pas l'occasion de se racheter, mais, au Debrune, elle n'avait jamais commis d'erreur sur les gens.

Cependant, elle s'était trompée en ce qui concernait la situation à Saint-Chad.

« Mon cher vieil hôpital obéit à des règles périmées, il est dirigé par des riches pour des riches, toutes les facilités sont accordées à la médecine privée et aux malades privés, et les autres attendent indéfiniment leur admission. Vous serez scandalisée par la corruption que vous y découvrirez, par les abus d'influence, les privilèges et même les pots-de-vin. Ce sera une tâche difficile, Hermione, et je sais que vous l'accomplirez, avait dit Ursula à son adjointe. Il faudrait que je sois bien égoïste pour vous retenir ici alors que, là-bas, vous pouvez remplir une tâche d'importance nationale. »

Il y avait une longue liste de demandes, bien entendu, mais pas plus longue que dans les autres hôpitaux où Hermione avait travaillé avant qu'elle eût la chance de trouver un poste excellent au Debrune. Il y avait du gaspillage et des dépenses exagérées, des vieilles traditions ridicules, des méthodes trop anciennes, les écritures et les comptes étaient encore confiés à des secrétaires qui n'avaient jamais entendu parler de calculatrices. La secrétaire de la directrice se servait encore d'une machine à écrire vieux jeu, qui n'était pas électrique.

Hermione pouvait déployer ses talents administratifs mais où était la corruption dont Ursula avait parlé? Pour un hôpital de cette dimension, Saint-Chad avait très peu de chambres particulières occupées par des malades privés.

Quand elle avait fait part de ses impressions au Conseil d'administration, le Dr Raine avait dit pensivement :

– Vous êtes dans le Devon maintenant, madame la directrice. Notre contrée n'est pas riche comparée à d'autres, et le coin que nous habitons est en grande partie consacré à l'agriculture. En tant que généraliste qui exerce depuis de longues années, je peux vous assurer que mes malades ne sont pas assez riches pour payer un médecin non conventionné et s'offrir des chambres particulières.

Hermione avait battu des paupières. Dès le début, avant même de lui avoir parlé, il lui avait inspiré confiance et elle l'avait trouvé plus sympathique que les autres membres du Conseil. Avec un choc, elle s'était rendu compte qu'il était le père d'Inez Elbure et, à en croire Ursula, un soutien de l'ordre établi, qui n'avait d'autre ambition que de se faire un nid douillet.

– On ne demande des chambres particulières que pour des accouchées ou pour des malades qu'il faut opérer d'urgence, avait ajouté le Dr Raine. En général, elles ne sont occupées que par des gens qui ont d'assez grosses assurances pour couvrir tous leurs frais.

De fait, Hermione n'avait déniché ni luxe ni privilèges spéciaux comme les Debrune en accordaient à de puissants fonctionnaires. Ce n'était pas faute de vigilance de sa part. Elle avait examiné méticuleusement les demandes d'admission et s'était attardée sur les listes des chirurgiens. Les malades privés ne présentaient qu'une proportion de cinq pour cent. Il était vrai que Patrick Elbure exécutait presque toutes les opérations payantes mais il était le doyen des chirurgiens. Quand Hermione avait suggéré que les honoraires et les malades soient répartis entre tous les chirurgiens, il avait eu un tel regard qu'elle avait eu honte d'elle-même.

Elle détestait Patrick en tant qu'homme, détestait son arrogance, ses manières hautaines, son habitude de baisser son nez aquilin et de la regarder comme si elle était un magnétophone et non une femme. En tant que chirurgien, elle ne pouvait rien lui reprocher. Il travaillait jusqu'à des heures indues et avait un passé brillant. Hermione était assez honnête pour reconnaître que, forcée d'avoir recours à une grave opération, elle n'hésiterait pas à choisir Patrick Elbure pour chirurgien. Quant aux allusions d'Ursula sur sa carrière de Don Juan sans cœur, elles étaient absurdes. Cet homme ne pensait qu'à son travail et à sa femme. Tout le monde s'en apercevait.

Quant à Inez Elbure, si elle avait jamais été la jolie petite intrigante dépeinte par Ursula, elle avait changé complètement. La surveillante Raine, telle qu'Hermione la voyait, était froide, équilibrée et compétente; d'abord infirmière et femme ensuite. D'une beauté frappante, certainement, mais, Hermione le devinait par intuition, pas ce que les jeunes gens de nos jours appellent « sexy ». Malgré les préjugés qu'elle avait apportés en venant, Hermione était obligée de reconnaître qu'elle avait été conquise par la surveillante Raine et qu'elle avait toute confiance en elle.

14

– C'est magnifique! Merci chérie! s'écria Patrick, et ses yeux gris au regard perçant firent le tour du cabinet de travail flambant neuf. Oh! tu as acheté ce beau bureau que j'avais tant admiré dans la vitrine du marchand de meubles? Je croyais qu'il était marqué « vendu »?

– Il l'était. C'est un autre bureau. Arnold Marston l'a trouvé pour nous.

– Ce type? demanda Patrick en fronçant ses sourcils noirs. Tu l'as vu souvent?

– Seulement dans son magasin. Je m'excuse, son « atelier », répondit Inez d'un ton léger.

Intérieurement, elle se reprochait d'avoir prononcé le nom du jeune décorateur. Elle ne voulait pas gâcher l'anniversaire de Patrick en réveillant sa jalousie latente.

– Tu as pris beaucoup de peine et dépensé beaucoup d'argent. Trop, j'en ai peur, reprit Patrick avec un sourire visiblement forcé. Quand je suis à la maison, je préfère être avec ma femme.

– Quand tu es moins préoccupé par l'hôpital..., commença Inez. Jadis tu écrivais des articles et tu faisais des conférences...

– Je n'ai plus le temps. Du moins à Saint-Chad, dit Patrick. (Après une pause il demanda brusquement :) Que dirais-tu d'un changement?

– Un changement?

Involontairement, Inez étreignit le dossier d'un des fauteuils neufs. Le cuir était froid et glissant sous ses doigts.

– On m'a fait une offre très intéressante. Sir Max Debrune me propose de prendre le poste de chirurgien-chef dans son hôpital privé. Il paraît que cet hôpital s'est considérablement agrandi pour faire face à la demande.

C'était donc arrivé? Comme Evelyn l'avait prédit. Inez fut reconnaissante d'avoir été avertie. Elle poussa un profond soupir.

– On dirait que tu récites une annonce publicitaire, dit-elle d'une voix qui ne tremblait pas trop.

– Une lettre de Debrune. J'en déduis qu'il s'intéresse énormément à cet hôpital qui fait partie d'un plan très vaste pour le bien-être de ses employés et de leurs familles. C'est un vrai philanthrope.

Le ton de Patrick était exempt d'ironie. Inez gémit intérieurement.

– Il a la réputation d'être extrêmement perspicace. Il voit loin et il est entreprenant. Pas de grèves au Debrune, pas de problème de travail non plus. Le bruit court qu'il y a des listes de demandes pour ses usines.

– Alors c'est dommage qu'il n'y ait pas davantage de milliardaires comme lui. Dommage pour l'Angleterre.

– C'est mon avis. Il sert de père à ses ouvriers et c'est la bonté même pourvu que vous n'ayez pas trop de goût pour l'indépendance. Le despote bienfaisant...

– Je n'aimerais pas connaître ce despote. Debrune est certainement bienfaisant. Il accueille même dans une clinique privée ses anciens ouvriers quand ils sont vieux, malades et sans famille.

Patrick haussa ses sourcils noirs.

– Pourquoi ce ton acerbe? Que reproches-tu à Debrune?

– Rien, si ce n'est qu'il est le mari d'Ursula. L'as-tu oublié ?

– Bien sûr que non. De toute évidence, c'est Ursula qui lui a suggéré de me donner ce poste. Sir Max ne le cache pas. C'est très gentil de la part d'Ursula. Tu dois le reconnaître.

– Tu le crois vraiment? Sers-toi de ton intelligence et de ton imagination. Tu ne peux pas avoir oublié la conduite d'Ursula... ses machinations pour rompre tes fiançailles avec Evelyn et, plus tard, pour nous séparer, toi et moi.

– C'est de l'histoire ancienne. Ursula était obsédée par moi et par ma carrière. Elle était convaincue – et elle ne se trompait pas – qu'Evelyn ne pouvait être pour moi qu'un obstacle, déclara Patrick au comble de l'impatience. En ce qui te concerne, elle avait tort, mais elle désirait me protéger. Elle a toujours eu cette attitude de sœur aînée à mon égard. A l'égard d'Evelyn aussi, d'ailleurs.

– Oh mon chéri! s'écria Inez qui avait peine à cacher son exaspération. Sois sincère! Ursula t'aimait passionnément. Elle était décidée à t'épouser et à te pousser en haut de l'échelle pour sa propre gloire.

– Il n'a jamais été question que je me marie avec Ursula. En tout cas, elle est maintenant lady Debrune et il est clair que son mari l'adore, riposta Patrick les sourcils froncés. Ne peux-tu oublier tes griefs personnels? C'est une offre magnifique et nous devrions tout au moins la discuter. C'est ce que Ursula elle-même suggère...

– Ursula elle-même? répéta Inez. Elle t'a écrit?

– Seulement quelques lignes. Elle me supplie de bien réfléchir avant de refuser. Ainsi qu'elle me le rappelle, j'ai quarante ans aujourd'hui. Si je reste à Saint-Chad, quand j'aurai soixante ans, je me trouverai dans la même situation que maintenant. A quarante ans, on est à la croisée des chemins. Il est douteux qu'on m'offre un autre hôpital comme le Debrune, quand j'atteindrai la cinquantaine, déclara rapidement Patrick comme s'il récitait les phrases d'Ursula. Si je permettais à mon animosité ou à la jalousie naturelle mais inutile de ma femme d'entraver ma carrière, ce pourrait être tragique. Penses-y, ma chérie! Au lieu de ces paperasseries, au lieu d'avoir toujours le Conseil d'administration et Hermione Kirtonberry sur mon dos, j'aurais carte blanche et les problèmes d'argent me seraient épargnés.

– Tu aurais tous les royaumes de ce monde... mais à quel prix! commenta amèrement Inez.

– Allons! Ma chérie! Debrune est un père Noël, un saint Nicolas plutôt qu'un vieux diable, d'après ce que j'ai entendu dire.

Elle eut sur le bout de la langue de riposter : « Alors pourquoi son fils unique passe-t-il son temps à l'éviter? Pourquoi ne dirige-t-il pas son hôpital? » Mais ce serait mêler Evelyn et son avertissement à la discussion. Patrick s'emporterait violemment s'il savait que toutes les deux, Inez et Evelyn, s'unissaient pour le protéger des intrigues d'Ursula. Tenté par cette offre magnifique, il refusait d'admettre qu'elle venait d'Ursula et qu'elle pouvait avoir un but caché. A dessein, il jetait un voile sur les agissements passés d'Ursula.

– Je suis persuadée que tu ne serais plus ton propre maître. Tu serais l'esclave de Debrune, dit lentement Inez. Tu dépendrais de cet homme et de sa femme. Te rends-tu compte qu'Ursula dirige cet hôpital?

– Elle a le titre de directrice mais combien de temps consacre-t-elle à l'hôpital? Dans sa position, elle a sûrement beaucoup d'obligations mondaines, répliqua Patrick qui faisait un effort visible pour être patient. Ne transforme pas Ursula en bête noire! Tu ne peux pas être jalouse d'elle, ma chérie!

– Bien sûr que non...

Qu'elle était habile, Ursula! Elle avait déjà miné l'opposition d'Inez en insinuant qu'Inez pourrait considérer cette offre avec les yeux d'une épouse jalouse. Ursula avait jeté l'hameçon avec l'adresse d'un habile pêcheur à la ligne. Son chronométrage était parfait. Patrick avait quarante ans ce jour-là et la quarantaine est un âge dangereux. Il n'était pas de ces hommes vaniteux qui se contentent de jouir de leurs succès passés. Il était introspectif et parfois peu sûr de lui. Il savait qu'il n'avait pas l'art de parler aux gens et détestait user de diplomatie avec eux. L'ancienne directrice le comprenait et il la respectait. Il ne serait jamais à l'aise avec celle qui l'avait remplacée.

– Nous devons aux Debrune de réfléchir sérieusement à leur offre. Je propose d'aller les voir le week-end prochain, dit Patrick d'un air de décision. Ils ont l'amabilité de nous accueillir deux nuits. Nous pouvons partir vendredi soir et revenir dimanche soir.

– C'est à Londres?

– Non. Dans le Surrey. En pleine campagne, ce qui devrait te plaire. Une maison à nous avec un jardin.

– Et tout le confort moderne, sans doute, acheva Inez d'un ton sardonique. Sainte Ursula ne m'offre pas un poste, je suppose?

– Elle a dit que tu aurais peut-être un travail à mi-temps, une fois que nous serions installés et que tu aurais arrangé la maison et le jardin à ton goût.

Il ne lui avait pas donné à lire la lettre d'Ursula. Contenait-elle quelque chose qu'il ne tenait pas à lui montrer? Exiger de voir la lettre serait humiliant. Le supplier et faire appel à son amour le serait aussi. Inez se sentait au pied du mur. Elle serait obligée d'accepter l'invitation des Debrune, si désagréable que lui fût cette perspective.

Ce n'était pas un bon début pour la journée et elle

n'avait pas encore annoncé à Patrick qu'on les attendait aux Safrans. Au milieu de la matinée elle se décida à le lui dire.

– Je sais que ça te rasera, mon chéri, mais maman a fait un gâteau d'anniversaire pour toi et elle serait terriblement malheureuse si nous n'allions pas le manger, déclara Inez de son ton le plus persuasif.

– Un gâteau d'anniversaire? Grand Dieu! Me prend-elle pour un enfant? s'écria Patrick.

– C'est une tradition familiale. Papa et moi nous avons toujours un gâteau fait à la maison pour notre anniversaire. Maman veut montrer que tu fais partie de la famille, toi aussi, expliqua Inez. L'année dernière, elle a apporté le gâteau ici. Tu te rappelles? Cette année, comme c'est dimanche et que nous ne sommes pas de service, elle veut que nous allions prendre le thé aux Safrans. Billie est invitée aussi.

– Que Dieu me préserve des réunions de famille! s'exclama Patrick avec conviction.

– Oui, mon chéri, mais ça ne sera pas long. Papa sera là et Evelyn a dit qu'elle ne partirait qu'après le goûter.

– Ne pouvons-nous jamais passer une journée seuls ensemble? Même une fois par an? demanda Patrick d'un air sombre. (Puis surprenant l'expression des yeux de Billie, il ajouta :) Excusez-moi, ma petite! Je ne faisais pas allusion à votre présence. Mais un homme aime bien avoir sa femme à lui de temps en temps.

– Est-ce que cela ne dépend pas de la femme? interrogea Billie. Certaines peuvent être des fardeaux. Elles pendent au cou de leur mari comme de gros sacs de pommes de terre.

– L'offre de Debrune présente un autre avantage, fit observer Patrick lorsque Billie eut battu discrètement en retraite, en emportant les tasses à café. Tu m'attendras à la maison chaque soir de la semaine.

– Quelle joie pour moi! s'écria Inez d'un ton léger. Les servantes aussi attendent. Ce n'est pas du tout mon genre.

– Tu t'y habitueras très vite.

Inez n'engagea pas la discussion. Elle désirait qu'il subisse de bonne grâce le goûter d'anniversaire. Elle changea de sujet en proposant de passer la soirée tous les deux seuls, quand ils quitteraient West Wheystone. En attendant, pour étrenner son bureau, Patrick écrirait des lettres de remerciements pour les cadeaux qu'il avait reçus de Watersfall.

– Patrick n'a-t-il pas été content de son cabinet de travail? demanda Billie quand Inez la rejoignit à la cuisine pour mettre au four le rôti du dimanche.

– Pas autant que je l'espérais, répondit franchement Inez. Il se demande quand il aura le temps d'y passer quelques minutes.

– Vous n'avez pas beaucoup de loisirs et vous n'êtes pas souvent ensemble. C'est une drôle de façon d'être mariés, dit ingénument Billie. A votre place, je ne sais pas si je pourrais le supporter. Je crois que je serais jalouse du travail de mon mari.

– Les femmes de médecin et de chirurgien doivent s'habituer à ce genre de vie.

– Ce n'est pas si terrible pour l'épouse d'un médecin. Les généralistes reviennent souvent à la maison même si leurs heures sont irrégulières. Patrick s'enferme dans la salle d'opération. Vous ne le voyez pas de toute la journée.

– Je travaille aussi, lui rappela Inez.

– Je ne suis pas sûre de vouloir rester infirmière après mon mariage.

– Vous parlez en général ou vous pensez à un certain homme? demanda Inez.

– Je ne sais pas... Il y avait un homme... mais il me critiquait continuellement. Il ne voulait pas reconnaître qu'il était amoureux de moi. Cela le contrariait, reconnut Billie. Je chercherai peut-être un gentil généraliste, facile à vivre comme Christopher Denyer. Mrs Denyer et lui assisteront-ils au goûter cet après-midi?

– Probablement. Si elle se sent assez bien. Comment était-elle hier? demanda Inez. Mieux?

– Evelyn le croit. J'ai accepté de la remplacer aux consultations pendant toute la semaine.

– Comment est-ce possible? Vous commencez demain à la Maternité.

– De huit heures à deux heures. J'ai tout l'après-midi libre. C'est entendu, déclara gaiement Billie. Le Dr Denyer l'a demandé hier à la directrice.

– Vous ne me l'aviez pas dit...

– Je n'en ai pas eu l'occasion. Vous êtes rentrée si tard hier soir. Je n'ai pas voulu vous ennuyer avec mes petites histoires.

– Vous prenez beaucoup de peine pour nous, ou plutôt pour mon père et pour les Denyer, fit remarquer Inez d'un ton de remords. Vous aurez une longue journée si, en plus de votre travail, vous faites celui de Rosemary.

– Je n'en mourrai pas. Les consultations ne sont pas très fatigantes, mais Mrs Denyer ne peut pas rester longtemps debout. Ses jambes et ses chevilles sont terriblement enflées. C'est mauvais signe, n'est-ce pas? demanda Billie avec anxiété. Votre mère et Evelyn sont vraiment inquiètes mais Mrs Denyer n'est pas facile à aider. Elle ne tenait pas du tout à ce que je la remplace. Elles ont eu beaucoup de peine à la persuader.

Etant donné sa jalousie et son caractère possessif, Inez comprenait pourquoi Rosemary n'acceptait pas volontiers l'aide de Billie Primmer. Billie, semblait-il, ne se mettait pas en frais de coquetterie. Elle portait les jeans délavés, les pull-overs d'homme, les chemisiers de cotonnade qui étaient l'uniforme de presque toutes les filles de sa génération, sous un anorak ou un duffle-coat. Elle n'en restait pas moins ravissante. Ses vêtements, communs aux deux sexes, rehaussaient sa féminité.

Pour le goûter d'anniversaire, Billie mit un pantalon en lainage presque du même bleu que ses yeux. Elle ressemblait à une poupée d'un prix fabuleux. Inez pensa que la plupart des jeunes gens auraient envie de prendre possession de cette poupée et de la serrer dans leurs bras; Billie n'aurait probablement pas opposé beaucoup de résistance. Elle avait l'air d'être mûre pour l'amour. Ses lèvres rouges, bien modelées, ne pouvaient qu'attirer les baisers.

« Comme des fleurs débordantes de suc qui attirent les abeilles », se dit Inez lorsque, après avoir répondu à l'étreinte maternelle de Molly, Billie se dressa sur la pointe des pieds pour donner au Dr Raine un baiser filial.

Cependant il était impossible de critiquer la conduite de Billie. Comme si elle était la fille de la maison, elle suivit Molly Raine à la cuisine pour l'aider à faire le thé et à pousser la table roulante. Elle distribua les tasses à mesure que Molly les remplissait et offrait le sucre. Elle se précipita à la cuisine pour remplir la théière d'eau bouillante. En un mot, elle servait ses aînés comme une enfant bien élevée.

Molly suivait des yeux la jolie petite silhouette avec un sourire approbateur; le Dr Raine en faisait autant d'un air indulgent. De temps en temps Inez et Evelyn échangeaient des regards amusés comme si elles assistaient aux cabrioles d'un chaton. Elles avaient le droit de traiter Billie légèrement, de l'avis d'Inez. Ni Val ni Patrick ne seraient tentés de s'écarter d'épouses qu'ils adoraient... Pour les Denyer, c'était tout différent.

Rosemary avait pris quelque peine pour se faire belle. Elle avait lavé ses cheveux, les avait mis en plis et s'était un peu maquillée. Rien ne pouvait dissimuler ses bourrelets et l'enflure de ses chevilles mais sa tunique vague et sa jupe plissée, fraîchement repassées, lui allaient bien. Elle prenait part à la conversation, pourtant ses yeux la trahissaient. Ils étaient presque toujours fixés sur son mari.

Grâce à l'aisance d'Evelyn et de Billie, et au tact du Dr Raine, l'atmosphère ne fut pas tendue comme on aurait pu le redouter. Patrick, dont la raideur et le silence auraient pu jeter un froid, se dégela et parut même prendre plaisir à cette réunion familiale.

La nouvelle directrice et ses innovations à Saint-Chad firent inévitablement les frais de la conversation. Pour une fois, Patrick et Christopher étaient d'accord et avaient pour Hermione les mêmes sentiments. Ils ne la voyaient pas avec les yeux plus expérimentés et plus indulgents du « doux Raine ».

– Ce que vous appelez sa manière totalitaire n'est qu'un vernis, insista le Dr Raine. Elle est travailleuse, dévouée, sincère. Les dons de la grâce et de l'humour lui ont été refusés mais, j'en suis sûr, elle n'agira que pour le bien de l'hôpital. Vous vous en apercevrez plus tard.

– Plus tard, répéta Inez quand, avant le départ d'Evelyn, elle passa quelques minutes seule avec sa belle-sœur.

Elles montaient l'étroite avenue qui menait aux Marronniers pour retrouver la voiture d'Evelyn.

– C'est ce qui me fait peur. Auparavant elle aura jeté Patrick dans les griffes d'Ursula. L'offre de Debrune est arrivée, ainsi que tu m'avais avertie.

– Tentante?

– Dix mille livres par an pour débuter, une maison luxueuse, un hôpital magnifiquement équipé. Nous sommes invités chez les Debrune le week-end prochain... Je parie que Patrick sera emballé par une salle d'opération à côté de laquelle les salles d'opération des hôpitaux nationalisés auront l'air de dater du Moyen Age.

– C'est possible, admit Evelyn. Ce peut être là-dessus que compte Ursula. Ce n'est pas la première fois qu'elle s'efforce d'accaparer quelqu'un sur qui elle croit avoir tous les droits. Mais si elle applique trop fort l'éperon, Patrick pourrait regimber.

– Tu crois?

– J'en suis sûre. Je me risquerai à te donner un conseil. N'oublie pas qu'il y a plus longtemps que toi que je suis la femme d'un Elbure. Reste à l'écart, n'impose pas ta volonté à Pat, qu'il ait l'impression d'être libre de choisir, conseilla gravement Evelyn. Rappelle-toi que les hommes n'ont aucune sagesse et qu'on les mène facilement par le bout du nez. Quand on les laisse tranquilles, ils rentrent chez eux. Je voudrais que la pauvre Rosemary le comprenne.

– Tu as probablement raison, mais je suis née pour combattre plutôt que pour attendre patiemment.

– Je le sais, mais dans une situation aussi critique, les armes ne peuvent rien. La violence engendre la violence. Si tu lui montres ton hostilité, Ursula en tirera profit, elle ferà appel aux sentiments chevaleresques de Pat et c'est toi qui seras dans ton tort, affirma Evelyn.

15

– Votre père m'a demandé de vous téléphoner, Mrs Raine. Nous l'amènerons dès que j'aurai mis un peu de linge dans une valise, annonça Billie d'une voix essoufflée mais assez ferme. Elle est dans un état de choc.

– Vous l'avez trouvée sans connaissance?

— Presque... avec une mauvaise brûlure à la main et la cuisine pleine de fumée. Elle faisait sans doute cuire des brioches, elle s'est brûlé la main et elle s'est évanouie. Le Dr Raine pense que le bébé va peut-être naître prématurément.

— Nous serons prêtes pour elle, promit Inez. (Elle n'ajouta pas comme elle l'aurait fait si elle s'était adressée à Peggy Trente :) Gardez votre sang-froid.

Les cinq premières matinées que Billie avait passées à l'hôpital avaient suffi pour convaincre Inez qu'il ne faut pas juger les gens sur leur apparence. L'infirmière Primmer n'avait rien d'une petite fille. Elle était aussi calme et aussi capable que si elle avait assisté à de nombreuses luttes entre la vie et la mort. En même temps Billie gardait toute sa gaieté pétillante et toute sa vitalité, elle attirait irrésistiblement les malades et excitait la jalousie des autres infirmières.

— Elle a toutes les chances pour elle, elle n'est pas chargée de six gosses, grommelait Juliette Parvis tandis que Billie parcourait la salle d'un pas allègre, mais la mère célibataire, Lena Hickory, avait donné toute son affection à Billie.

Billie allait et venait imperturbable sans paraître se soucier de l'effet qu'elle produisait. Probablement y était-elle habituée. Elle devait bien se rendre compte qu'elle n'était pas l'infirmière préférée de Rosemary. En allant prendre le thé aux Safrans, avant la consultation du Dr Raine, Billie s'était arrêtée aux Marronniers et s'était demandé si Rosemary avait besoin d'aide pour son ménage. Un pressentiment? En tout cas, elle se félicita de cette idée car Rosemary aurait pu rester allongée dans un demi-coma jusqu'au retour de Christopher, quelques heures plus tard.

Christopher faisait les visites du soir et se rendait auprès des malades les plus éloignés. Le Dr Raine n'aimait pas beaucoup faire de longs trajets et c'était son assistant qui allait voir les malades à Plymouth et à Exeter.

Rosemary avait repris conscience quand, accompagnée du Dr Raine et de Billie, elle fut transportée à la Maternité, mais son teint jaune était couperosé et ses yeux vitreux.

– Je vais très bien. Je n'ai pas besoin de venir encore à l'hôpital. Je me sens faible, la chaleur du poêle m'a fait tourner la tête, protesta-t-elle lorsque Inez s'avança pour conduire le petit cortège. Dites à votre père de ne pas s'inquiéter. Il s'agite comme une vieille poule.

– La prudence est la mère de la sûreté, déclara Inez. Un jour ou deux ici et un examen général ne te feront pas de mal, Rosemary.

– Je ne veux pas être enfermée à l'hôpital avant que ce soit nécessaire. Où est Chris? Je veux mon mari, gémit Rosemary d'une voix aiguë qui ne lui était pas habituelle. Pourquoi Chris n'est-il pas ici?

– Je vous l'ai déjà dit. Christopher est allé à Plymouth pour voir trois de nos malades et les faire transporter à la clinique, expliqua patiemment le Dr Raine.

– C'est ce qu'il vous a dit, n'est-ce pas? Comment puis-je savoir que c'est vrai? Il peut être n'importe où, déclara fiévreusement Rosemary.

– Vous connaissez les malades en question. C'est Arthur Padgett qui a eu une crise cardiaque chez sa fille à Devonport, la jeune May Est qui a été blessée dans un accident de moto à Modbury, et la vieille Mrs Fabier qui est tombée en descendant d'un train à la gare de North Road et s'est fracturé le col du fémur, expliqua le Dr Raine d'un ton apaisant. Christopher conduit Mrs Fabier à la clinique dans sa voiture. Elle a catégoriquement refusé d'être transportée par l'ambulance.

– Alors s'il est vraiment à l'endroit où il est censé être, vous pouvez l'avertir, n'est-ce pas?

– Nous essaierons. Je vous promets d'essayer. Il est peut-être sur la route et nous n'avons pas encore la radio dans nos voitures, lui rappela-t-il. Soyez bien sage, permettez à la surveillante de vous examiner.

– Je n'ai pas confiance en elle. Et je n'ai confiance en personne en ce qui concerne mon mari. Il était amoureux d'elle autrefois...

Rosemary continua à parler, l'air égaré, ses paroles devenant de moins en moins intelligibles. Avec l'aide de Billie, Inez la coucha dans une chambre à deux lits.

– Je lui ai donné un calmant mais elle est encore en état de choc, dit le Dr Raine à sa fille. Sa tension est dangereusement élevée, et il y a des signes de toxémie.

– Oui, convint Inez. As-tu pansé ses brûlures?

– Billie s'en est chargée. Elle a la tête sur ses épaules, cette petite, fit remarquer le Dr Raine. Fais venir le gynécologue pour qu'il examine Rosemary quand elle se sera calmée. C'est le Dr Walters qui la soigne.

Rosemary entendait à peine les paroles que le père et la fille échangeaient à mi-voix. Elle était presque inconsciente. Elle avait l'impression que ses membres, si lourds d'ordinaire, flottaient.

Elle ne se rendit compte de rien jusqu'au moment où elle reconnut la voix claire de Billie avec son faible accent américain.

– Allez finir votre tournée, oncle Richard. Je retournerai seule à West Wheystone. Je mettrai de l'ordre aux Marronniers et j'essaierai de prendre contact avec Christopher.

« Le toupet de cette petite sorcière! pensa Rosemary. Elle n'est ici que depuis huit jours et déjà elle appelle les Raine « oncle Richard » et « tante Molly » et elle appelle mon mari par son prénom comme s'ils étaient de vieux, vieux amis. Elle fourrage dans ma maison et

elle attend mon mari. C'est très rusé de se débarrasser de moi de cette façon... Il a fallu qu'elle téléphone au Dr Raine et qu'elle fasse toutes ces histoires pour un simple évanouissement... »

Des images éclatantes et déformées passaient dans son cerveau confus... Images de Billie dans les bras de Christopher... dans la cuisine et dans la chambre. Depuis combien de temps Chris n'avait-il pas fait l'amour avec sa femme? Ce n'était qu'un homme. Il devait éprouver le désir d'avoir une fille dans ses bras... une fille jeune, fraîche et appétissante... une fille comme Billie Primmer...

– Le calmant fait son effet. Elle sommeille, disait la voix d'Inez. Le Dr Walters sera là dans une demi-heure. Vous pouvez vous en aller, Billie. Il n'y a rien que vous puissiez faire ici. Qu'y a-t-il, mademoiselle? Mrs Potter-Plunkett? Bon, j'y vais...

Les voix s'éloignèrent. Rosemary battit des paupières et regarda les murs blancs de la petite chambre. Ses yeux se posèrent sur le lit vide en face du sien. Elle resterait enfermée ici pendant que Billie Primmer avait ses coudées franches à West Wheystone? Jamais de la vie! Jamais de la vie, infirmière Primmer! Chris est mon mari... il est à moi...

Elle avait encore mal au cœur et mal à la tête mais le vertige se dissipait. Elle put se lever sans trébucher. Elle put s'habiller. Elle allait bien. Personne ne la retiendrait ici contre sa volonté. Sa place était dans sa maison, à attendre son mari...

Il y a beaucoup de « si seulement » dans la vie, pensait Inez vingt minutes plus tard. Si seulement Mrs Potter-Plunkett n'avait pas eu de violents vomissements accompagnés d'une crise de nerfs à ce moment précis, Rosemary ne serait pas restée seule en attendant le gynécologue. Si seulement Mrs Potter-Plunkett n'avait pas été une de ses clientes, le Dr Raine ne se serait pas attardé auprès d'elle pour la calmer et la rassurer. Si seulement elle avait eu moins confiance en lui, la « Parfaite Peste » ne se serait pas accrochée aux pans de son veston pour lui confier ses craintes en sanglotant...

Si seulement la voiture du Dr Raine n'avait pas été garée devant l'entrée de la Maternité, Rosemary n'aurait sans doute pas eu la force de chercher un véhicule aux portières ouvertes. Le Dr Raine avait fermé à clé trois de ses portières mais la serrure de la quatrième était cassée. Il avait mis dans sa poche les clés de sa voiture mais Rosemary savait qu'un trousseau de secours était caché sous un coussin.

Ces impondérables, bien entendu, auraient pu agir « pour » aussi bien que « contre ». Si le Dr Raine n'avait pas voulu épargner à Billie l'ennui de changer d'autobus, il ne lui aurait pas dit : « Attendez-moi, je vous conduirai à l'arrêt de l'autobus de West Wheystone. Le malade que j'ai à voir est dans cette direction. »

Si elle n'avait pas accepté cette offre, Billie aurait quitté l'hôpital pendant que le Dr Raine était avec la « Parfaite Peste ». Mais pensant que la crise était terminée, et que le Dr Raine faisait le nécessaire, elle murmura qu'elle l'attendrait dans sa voiture et se dirigea vers l'ascenseur.

Est-ce un pressentiment qui la fit hésiter? Ou un léger remords au sujet de Rosemary Denyer? Billie avait la conscience tranquille en ce qui concernait Christopher, elle n'avait jamais fait le moindre effort pour l'attirer mais elle ne pouvait s'empêcher de sentir qu'elle lui plaisait. Elle trouvait Rosemary exaspérante, mais elle avait assez de cœur pour avoir pitié d'une pauvre femme jalouse.

Avec une de ces impulsions qui la caractérisaient, Billie, au lieu de prendre l'ascenseur, retourna à la chambre à deux lits. Elle s'assurerait seulement que Rosemary dormait paisiblement... A n'en pas douter, Molly Raine lui donnerait les dernières nouvelles.

Devant le lit vide, les draps en désordre, la chemise de nuit en nylon rose de Rosemary gisant sur le parquet, Billie n'eut pas une seconde d'hésitation. En un éclair elle devina intuitivement le raisonnement de Rosemary. Elle s'élança vers la fenêtre et se pencha juste à temps pour voir la voiture du Dr Raine qui sortait du parking, en décrivant des embardées.

Inez quittait la chambre de Mrs Potter-Plunkett lorsque Billie arriva en courant et cria :

– Elle est partie... et elle n'était pas en état de conduire. Je vais essayer de la rattraper...

Le parking était désert. Il ne pouvait que l'être, naturellement. Juste au moment où Billie avait tant besoin d'une voiture et d'un conducteur. Ce serait probablement une perte de temps que de courir d'une voiture à l'autre pour chercher celle qui ne serait pas fermée à clé. Billie fit à la hâte le tour du bâtiment et se dirigea vers le pavillon des médecins. C'était un territoire strictement interdit aux simples infirmières, mais elle n'accordait que peu d'importance aux règlements et d'ailleurs, il s'agissait d'une extrême urgence. Elle poussa la porte et traversa le petit vestibule, l'oreille tendue pour percevoir un bruit de voix. Elle entendit des voix et des rires qui résonnaient derrière une porte fermée.

Précipitamment elle ouvrit la porte. Quelques internes qui se reposaient avant de reprendre leur service fixèrent sur elle des yeux stupéfaits.

– C'est urgent! J'ai besoin d'une voiture et d'un docteur! Vite! s'écria-t-elle.

Tous la contemplaient, les yeux écarquillés, mais avant même qu'elle eût aperçu sa tête rousse, Sean s'était levé.

Il ne demanda pas : « Qu'aurai-je à faire? »

Il alla à elle, lui saisit le bras et l'entraîna dans le vestibule. Elle fut poussée dehors et entraînée vers le parking avant même d'avoir pu reprendre son souffle.

– C'est une malade... elle s'est enfuie..., balbutia-t-elle tandis que Sean la jetait sur la banquette de sa vieille voiture. Elle a pris la voiture du Dr Raine et elle est sous l'effet d'un calmant. Elle ne peut sûrement pas conduire...

– Quelle direction?

– A gauche. West Wheystone...

– Une des malades du Dr Denyer? demanda Sean d'un ton glacial. Le bruit court que tu lui sers de secrétaire pendant les consultations.

– Je sers aussi de secrétaire au Dr Raine. Oh Sean! As-tu essayé de prendre contact avec moi? interrogea Billie. (Malgré son inquiétude pour Rosemary, elle sentit un élan de satisfaction.) Je regrette de t'avoir manqué.

– Cela vaut aussi bien si tu es au mieux avec Denyer...

– Je ne le suis pas. Pas du tout. Je te l'ai déjà dit, les Raine étaient les meilleurs amis de mes parents et...

– Cette urgence? interrompit-il.

– La femme du Dr Denyer. Je l'ai trouvée évanouie...

Aussi brièvement que possible, Billie le mit au courant de la situation.

– Elle ne voulait pas être enfermée dans un hôpital pendant que son mari et toi vous aviez tout le temps de vous rouler dans les foins! grommela Sean.

– Ne sois pas si méchant! Pourquoi me juges-tu toujours si mal?

– Tu t'es trahie, Billie. Pourquoi serais-tu si affolée pour cette malade si tu n'avais pas de remords? Tu sais que c'est ta faute si elle n'est pas restée tranquillement dans son lit...

– Non. C'est simple imagination de sa part. Elle est jalouse de toutes les femmes... même de la surveillante Raine. C'est devenu une sorte de folie, expliqua Billie au désespoir.

Assise très droite sur le coussin défoncé, elle examinait la route avec une attention fiévreuse. Selon toute apparence, Rosemary était incapable de traverser Saxham sans accident. Pas sous l'effet du calmant que le Dr Raine lui avait administré. Elle ne pouvait garder les yeux ouverts et les sens en alerte que par un effort de volonté.

Rosemary avait presque réussi. Elle avait pris le virage et s'était engagée dans la rue du village sans encombre. Puis... puis ses paupières alourdies se refermèrent-elles ou ses mains lâchèrent-elles le volant? La voiture dérapa-t-elle sur la route mouillée? Elle n'avait peut-être pas remarqué que le petit fourgon postal qui la précédait s'arrêtait devant le bureau de poste. La voiture du Dr Raine alla heurter le fourgon, pivota par le côté, recula et s'écrasa contre le mur du bureau de poste. Une petite foule s'était rassemblée. Le receveur des postes et le facteur s'efforçaient d'ouvrir la portière.

– C'est cette voiture? demanda Sean en s'arrêtant derrière le fourgon.

Billie hocha la tête et sauta à terre.

– Pauvre femme! Elle perd tout son sang...

– C'est la voiture du docteur? mais où est le docteur?

– Elle est arrivée en zigzaguant comme si elle était ivre...

– C'est pas possible... ils ne boivent pas, ni le jeune docteur ni sa femme.

– Elle a eu le vertige, je pense. Depuis quelque temps, elle avait très mauvaise mine.

Le murmure des voix avec le doux accent du Devon augmenta pour Billie l'horreur de cette scène.

Ce fut un soulagement d'entendre les ordres impérieux de Sean.

– Ecartez-vous! Quelqu'un a-t-il une barre de fer? Ou une lourde clé anglaise?

Rosemary, pâle comme une morte maintenant, était affaissée sur le volant, des débris du pare-brise couvraient sa tête nue et ses épaules. Du sang coulait de son front et de son menton.

– Il y a une portière qui ne ferme pas à clé. Laisse-moi essayer..., supplia Billie.

Deux portières étaient coincées contre le mur. Celle qui était proche du conducteur était fermée à clé. Par bonheur la portière arrière dont la serrure était cassée se trouvait libre. Billie l'ouvrit et se faufila dans le fond de la voiture. De là elle parvint à passer par-dessus le dossier de la banquette et à ouvrir l'autre portière.

– Que quelqu'un coure aux Safrans chercher un brancard. Il y en a un. Mrs Raine vous le donnera, cria-t-elle. Sean...

Il fut aussitôt à ses côtés et se pencha pour saisir un des poignets de Rosemary.

– Une ambulance..., commença-t-il.

Mais Billie l'interrompit.

– Nous n'avons pas le temps. Regarde! Le bébé est là. Mieux vaut la porter dans le cabinet de consultation.

Une demi-heure plus tard, Patrick Elbure, seul dans une maison silencieuse, était au téléphone.

– Il faut que je parle à la surveillante Raine. C'est urgent! Quoi? Dites-lui que c'est son mari. Oui. J'attends.

Il attendit, lui sembla-t-il, un temps interminable et enfin la voix d'Inez résonna à son oreille, moins froide et moins calme que de coutume.

– Patrick? Je suis désolée mais je ne peux pas te parler maintenant. Nous avons une urgence. Mrs Potter-Plunkett. Papa est inquiet, le cœur du bébé s'affaiblit et le Dr Walters a décidé qu'une césarienne était le dernier espoir.

– As-tu oublié que nous sommes attendus chez les Debrune? Il faut que nous partions.

– Oh Patrick! Cela m'est impossible! Absolument impossible, Rosemary Denyer a eu un accident à West Wheystone. Billie Primmer et ton interne rouquin ont été obligés de l'accoucher sur place... ou du moins dans le cabinet de consultation de Papa, expliqua précipitamment Inez. Rosemary a besoin de soins constants, le bébé aussi. Il est né deux mois avant terme. Je ne peux pas les quitter.

– Comment pouvons-nous nous décommander auprès d'Ursula et de son mari?

– Qu'ils aillent au diable! Rosemary est mon amie. Je passerai sans doute toute la nuit auprès d'elle! s'écria Inez. (Avec effort elle raffermit sa voix :) Vas-y tout seul. Après tout c'est à toi à visiter l'hôpital et à discuter les propositions.

– Cela t'intéresse autant que moi.

– Oui, mon chéri, mais c'est à toi à prendre la décision. Je l'accepterai, quelle qu'elle soit, tu le sais.

– Tu es sûre de t'en remettre à moi?

– Il s'agit de ton travail, de ton avenir. Ne t'avais-je pas promis, il y a des années, de ne jamais intervenir entre toi et ton travail? lui rappela-t-elle. De fait, tout sera probablement plus facile et plus agréable pour toi si je ne suis pas là pour éveiller la jalousie d'Ursula.

– Madame la surveillante... Madame la surveillante..., cria Peggy Trent qui arrivait en courant. Mr Potter-Plunkett est là, il fait une scène à tout casser. Il veut absolument voir le Dr Walters mais le docteur est déjà en train de se laver les mains et...

– Bien! Je vais m'occuper de lui. Amenez-le ici,

répondit Inez sans hésiter. (Elle reprit le récepteur :) Je suis désolée, mon chéri! Il faut que je te quitte. Bonne chance! Et ne conduis pas trop vite.

16

– Tu es formidable, infirmière Primmer! déclara Sean comme si cet éloge lui coûtait un grand effort.

– N'est-ce pas ce que je t'ai toujours dit? répliqua Billie.

Debout, le bébé dans ses bras, elle ressemblait à une madone en miniature; ses boucles dorées lui faisaient une auréole, pensa Sean. Une madone vêtue d'une blouse chiffonnée et tachée avec un tout petit bébé ridé qui vagissait.

Formidable! Mais avec un cœur d'artichaut, se dit amèrement l'ex-fiancé. Elle attirait les hommes comme un pot de miel attire les abeilles et elle prenait plaisir à s'entourer d'adorateurs. Comment pouvait-on s'attendre à ce qu'elle prononce le serment solennel des vœux du mariage? Autant vaudrait demander au soleil de concentrer ses rayons au lieu de les répandre partout. Elle jurerait qu'elle l'aimait et ne voulait pas d'autre homme mais combien de temps serait-elle fidèle à sa promesse? Comment pourrait-il compter sur elle? se demanda Sean avec désespoir.

Cependant, comment pouvait-il choisir une autre femme alors que c'était Billie que tout son être réclamait? Il avait espéré que la séparation le guérirait de son amour mais la fièvre qui brûlait son sang était plus forte que jamais. Si seulement il pouvait lui faire confiance...

– Comment va-t-elle? L'ambulance est en chemin,

annonça Molly Raine qui entrouvrait la porte, le visage anxieux. Et le bébé?

– Il est aussi bien que possible. Il vivra, se hâta de répondre Billie.

– Et Rosemary?

Billie détourna la tête, pour ne pas rencontrer les yeux de Molly. Elle avait l'impression que le minuscule petit enfant qu'elle tenait dans ses bras, malgré sa fragilité, avait la volonté de survivre. Elle aurait voulu pouvoir en dire autant de Rosemary mais l'étrange inquiétude qui l'avait obsédée toute la journée était encore plus forte maintenant... On eût dit qu'un voile noir s'étendait au-dessus de Rosemary. Qu'elle fût elle-même l'auteur de son destin ne rendait pas la tragédie moins cruelle.

– Nous ne pouvons pas encore nous prononcer sur la gravité de ses blessures. Elle n'avait pas mis la ceinture de sécurité, dit lentement Billie. Elle semble avoir quelque chose à la colonne vertébrale. Pas encore de nouvelles de Christopher?

Molly secoua sa tête grisonnante.

– J'ai téléphoné à la clinique où il a accompagné Mrs Fabier, mais il est déjà parti. S'il est rentré directement chez lui, il va être ici d'une minute à l'autre.

– L'ambulance? demanda Sean.

– Elle est en route.

Rosemary était immobile. Son visage avait la couleur de la cire et les rides que l'inquiétude y avait creusées s'étaient effacées. Elle semblait respirer à peine.

Les larmes embuaient les yeux de Billie. Pourquoi, se demandait-elle tristement, n'avait-elle pas fait plus d'efforts pour gagner la confiance de Rosemary? Pour la convaincre qu'elle ne cherchait pas à lui voler son mari? Elle avait pu parler librement à Evelyn. Pour elle, Rosemary était restée « Mrs Denyer ». Chaque fois qu'elles se rencontraient, Billie avait senti la jalousie et l'hostilité de Rosemary. Pourquoi n'avait-elle pas essayé de les dissiper? Avait-elle été assez mesquine pour les prendre comme un hommage?

– Rosemary, dit-elle avec insistance. Rosemary, prenez courage. C'est fini maintenant et vous avez un ravissant petit garçon.

Etait-ce un effet de son imagination ou les lèvres bleuâtres esquissaient-elles un demi-sourire tandis que les cils frémissaient sur les joues livides?

– Sean... murmura Billie d'une voix rauque. Sean, elle s'en va. Ne peux-tu faire quelque chose?

Il ne daigna répondre que par un froncement de sourcils et un regard exaspéré. Billie sentit le cœur lui manquer. Si Rosemary mourait, ne serait-elle pas toujours obsédée par les remords? Si elle n'avait pas trouvé Rosemary dans sa cuisine pleine de fumée, si elle n'avait pas téléphoné au Dr Raine, Rosemary serait peut-être revenue à elle toute seule. Elle n'aurait pas été transportée à Saint-Chad... On ne lui aurait pas donné un calmant... Elle n'aurait pas eu cet accident de voiture...

Billie supplia Sean du regard. Ne voyait-il pas, ne pouvait-il pas comprendre que cette attente était un supplice? Non. Bien sûr que non. Pour lui Rosemary n'était qu'une malade, pas même une de ses malades. Il avait fait pour elle tout ce qu'il pouvait et sauvé l'enfant.

Maintenant il faudrait faire des examens, une radiographie, un diagnostic précis. Puis ce serait la salle d'opération. Sean n'opérerait pas lui-même. Un chirurgien plus âgé se chargerait de ce travail difficile. Sans doute Patrick Elbure... à moins que Patrick ne fût déjà parti pour le week-end.

Les chirurgiens avaient de la chance. Leur intelligence seule était en jeu, pas leur cœur. Ils pouvaient travailler avec un froid détachement. Un gynécologue est-il aussi détaché qu'un Patrick Elbure? Pourquoi Sean voulait-il se spécialisr en gynécologie? Parce que sa mère était morte en couches?

La mère de Patrick était morte d'une péritonite et Patrick avait décidé de devenir chirurgien. Sean et Patrick avaient de nettes ressemblances, des ressemblances qui effrayaient Billie.

Elle avait besoin d'affection, elle avait besoin d'être aimée et rassurée; elle souhaitait un mari humain et compréhensif plutôt qu'un demi-dieu qui descendait rarement de son piédestal. Cependant elle aimait Sean. Elle n'avait jamais cessé de l'aimer.

Un calme si anormal régnait dans le cabinet de consultation du Dr Raine que le claquement d'une portière fit sursauter Billie. Des voix... des pas... et Rosemary souleva de lourdes paupières.

– Chris..., murmura-t-elle faiblement. Chris...

– Il va venir. Il sera bientôt là. Et le bébé va bien. Regardez! Voyez par vous-même..., insista Billie.

– Il vit? Vous êtes sûre? demanda Rosemary d'une voix qu'on entendait qu'à peine. J'avais promis à Chris de lui donner un fils...

Soudain Christopher fut dans la pièce. Christopher se penchait sur sa femme et prononçait son nom avec anxiété :

– Rose. Rose chérie... Qu'as-tu fait? Oh, mon amour...

– Chris! chuchota Rosemary. Chris... il vit... ton fils vit...

– Notre fils... C'est magnifique, Rose... Rose chérie...

– J'ai été idiote. Pardonne-moi, chéri... Je n'ai pas réfléchi. Je serai plus raisonnable, maintenant, promit Rosemary. Embrasse-moi... Dis-moi que tu me pardonnes...

– Bien sûr, chérie, s'il y a quelque chose à pardonner, dit Christopher d'une voix étranglée. Rose... Rosemary, ma chérie.

Il prononçait encore son nom avec désespoir quand Sean le saisit fermement par le bras et le poussa dans le fauteuil du docteur.

– Désolé, mais c'est fini. Je ne sais comment elle a duré aussi longtemps, dit Sean bourru. C'est un miracle que le bébé ait survécu. Elle s'était cassé la colonne vertébrale.

– Pourquoi? Comment? Je ne comprends pas... Rose... Rose, je n'ai jamais voulu te faire de peine...

Christopher avait posé la tête sur le bureau du docteur. Il sanglotait comme s'il était redevenu un enfant. Les lèvres de Sean frémirent; mépris ou compassion? Billie n'aurait pu le dire.

Impulsivement elle s'approcha du bureau et mit la main sur l'épaule de Christopher :

– Ne pleurez pas, dit-elle d'une voix rauque. Christopher, Christopher, je vous en prie... Voilà votre fils. Vous ne l'avez pas encore regardé...

– Je n'avais jamais beaucoup désiré d'enfant. C'était son idée à elle, grommela Christopher. Rose... Rose...

– Voici l'ambulance, annonça brusquement Sean. Plus tôt ce malheureux gosse sera dans une couveuse, mieux cela vaudra.

– Je le sais, approuva Billie.

Elle jeta un regard compatissant à Christopher et se détourna, le bébé dans les bras.

– Ce n'est pas du tout un malheureux gosse. Il est très mignon. Il a les cheveux blonds et les yeux bleus de Christopher...

– Et tu es décidée à être une mère pour lui, quand un peu de temps aura passé, déclara brutalement Sean.

Billie qui le suivait dans le vestibule eut un mouvement de recul comme s'il l'avait frappée.

— Sean, c'est cruel! Cruel et injuste. Tu es le seul homme que j'aie jamais aimé, tu le sais, cria-t-elle, et elle sentit le sang monter à ses joues.

C'était beaucoup trop tôt pour penser que Chistopher était veuf avec un bébé sur les bras, mais dans ses moments de faiblesse elle avait souhaité quelqu'un « comme Christopher Denyer », n'est-ce pas? Si son ancien fiancé devait persister à la mal juger, à être amer et soupçonneux et follement jaloux comme la pauvre Rosemary, quelle vie mènerait-elle avec lui? Ils étaient si sûrs de s'aimer quand ils s'étaient fiancés, mais leur amour de toute évidence n'était pas assez profond pour combler le fossé qui les séparait tant ils étaient différents de caractère. Le combleraient-ils jamais? Sean était-il décidé à détruire son amour? Ou — pensée terrible — les doutes qu'il avait d'elle étaient-ils justifiés?

— Faites un effort pour vous consoler, mon petit, conseilla Inez impatiente tandis que toutes les deux buvaient du café près du feu de la salle de séjour, le lendemain soir. Le bébé va bien et Christopher ne mourra pas de chagrin. Ce n'est pas un homme à ça.

— Croyez-vous que quelqu'un peut mourir de chagrin? et peut-on cesser d'aimer un être cher? Certaines femmes ont l'air d'être capables d'aimer plusieurs fois...

— C'est une question de caractère et cela dépend de la profondeur des sentiments, répondit Inez. Si vous donnez tout votre cœur à un homme, il ne vous reste rien pour un autre.

— Peut-on continuer à aimer quelqu'un qui n'a pas confiance en vous?

— Comment le saurais-je? Je n'ai pas essayé, dit Inez

d'un ton sec, mais elle regardait Billie affectueusement. Cessez de vous blâmer, Billie! Les remords sont inutiles. Vous avez fait pour le mieux. A votre place j'aurais agi de la même façon.

– Si je n'avais pas offert de remplacer Rosemary dans le cabinet de consultation...

– N'y pensez plus! Si cela peut vous consoler, Rosemary en tout cas n'aurait pas fait de vieux os. Elle n'avait pas le cœur en bon état. Elle nous avait fait jurer le secret à mon père et à moi et Chris ne le savait pas. Papa lui avait conseillé de ne pas chercher à avoir un autre bébé..

– Oh! s'écria Billie. (Un vif soulagement se peignit sur son visage expressif.) Elle serait peut-être morte sans l'accident?

– C'était un risque à courir et elle le savait.

Inez exagérait un peu et elle le sentait; mais elle ne pouvait pas laisser cette jeune infirmière se torturer ainsi. Si l'on ébranlait la confiance naïve et l'optimisme naturel de Billie, on diminuerait de moitié son efficacité.

– Nous sommes tous dans les mains de Dieu, comme nous le rappellerait Evelyn. Le vœu le plus cher de Rosemary était de donner un fils à Christopher et elle a su qu'elle l'avait réalisé.

– C'est quelque chose, mais c'est terrible pour Christopher et pour le bébé.

– Si vous vouliez croire que la vie est un lit de roses, vous n'auriez pas dû venir travailler dans un hôpital.

– Excusez-moi. Le week-end a été pénible pour vous aussi... Vous avez perdu votre amie et vous n'avez pas fait ce petit voyage avec Patrick, fit remarquer Billie. Sean... quelqu'un que je connais me répète toujours que je ne pense qu'à moi, je ne voudrais pas...

– Nous en sommes presque tous là, surtout à votre âge. Nous ne nous oublions un peu que lorsque nous aimons un autre être encore plus que nous-mêmes, dit sèchement Inez.

– Je n'aurais pas pensé que vous vous aimiez beaucoup. Vous ne vous épargnez pas.

– Merci. Mais j'aime la façon dont j'agis et j'ai très peu de patience avec les sots. On dit que je suis opiniâtre, intolérante, et que je manque de compassion, avoua Inez. Personne n'est parfait. C'est une forme de vanité d'exagérer ses vertus ou ses défauts. Ne cultivez pas vos remords et ne vous apitoyez pas sur vous-même, je vous en prie.

Inez parlait d'un ton impérieux alors qu'Evelyn aurait été douce, encourageante, alors qu'Evelyn aurait été compatissante, pensa Billie. Si Evelyn avait été là, la jeune fille aurait pu verser des larmes de chagrin et de remords qui l'auraient soulagée et Evelyn se serait montrée réconfortante. Sans le dire, Inez la mettait au défi de chercher refuge dans les larmes. Billie se sentit brusquement malheureuse, perdue et seule. Il lui semblait étouffer.

– Ecoutez, ma petite. Si j'ai l'air d'être dure, c'est parce que je sais qu'il faut grandir un jour ou l'autre et c'est le moment pour vous, reprit Inez après une pause. Ce monde est terriblement dur, mais nous sommes obligés d'y vivre. Si nous sommes humains, avec une bonne part de sentiments humains, nous ne pouvons qu'être blessés en suivant notre chemin. Impossible de fuir la souffrance. Nous avons à la supporter, à faire de notre mieux pour ne pas y ajouter et à laisser le reste à Dieu. Il y a toujours des hauts et des bas. Du moins nous avons tiré d'affaire la « Parfaite Peste » mais ça n'a pas été sans mal.

– Elle méritait de perdre son bébé après avoir désobéi à vos ordres comme elle l'a fait.

– Que vous êtes jeune! Si nous obtenions exactement ce que nous méritons – une justice sans merci –

la plupart d'entre nous seraient dans un triste état, dit pensivement Inez. Cette malheureuse femme avait une peur bleue de son mari et d'avoir un bébé. Elle s'empiffrait par compensation. Méritait-elle d'être punie? pour avoir cédé à la peur? Peut-être...

– Vous ne le savez pas. Avez-vous jamais eu peur de quelqu'un ou de quelque chose? Sincèrement, Inez? Peggy Trent m'a raconté que vous étiez venue à bout du mari de la « Parfaite Peste ».

– Quel homme stupide. Il nous offrait tout l'argent que nous voudrions si nous sauvions son fils et héritier, répliqua Inez, et ses lèvres eurent une moue de mépris.

– Beaucoup de gens croient que l'argent achète tout et chaque homme a son prix, fit observer Billie. Et ce prix n'est pas toujours payé en argent.

Non, le prix peut être un hôpital moderne, magnifiquement équipé, avec une liberté totale, plus de paperasseries et de règlements étroits. Pour Patrick, l'argent ne serait qu'un attrait secondaire. Il n'avait jamais aimé l'argent pour lui-même. S'il en avait davantage, il comblerait sa femme ou s'en servirait comme d'un argument pour la garder à la maison, soupçonnait Inez.

Le téléphone sonna et, avec l'agilité de la jeunesse, Billie fut debout avant Inez.

– Je vais répondre, dit-elle.

– Oui, oui, ici Billie Primmer. Oh? Oh, bien sûr! Si tu veux... Oui, je crois que c'est possible...

A l'empressement de sa voix, Inez devina qui l'avait appelée.

Avec amusement, elle vit Billie pâlir et rougir et ses yeux briller. Quand la jeune fille raccrocha, elle avait l'air aussi heureuse que si quelqu'un avait jeté une fortune sur ses genoux ou un cœur – chose plus précieuse à son âge – pensa Inez.

– C'était Sean... Le Dr O'Halloran. Il veut que j'aille boire quelque chose avec lui. Ça ne vous ennuie pas? demanda Billie tout essoufflée.

– Grand Dieu non! Sauvez-vous.

– Merci, mais vous serez toute seule?

– Cela ne fait rien. Je suis habituée, assura Inez. Vous vous connaissiez au Canada?

– Oui. Très bien. Seulement... nous nous sommes fâchés. Maman le voyait d'un mauvais œil et il est terriblement fier. Tout à fait intransigeant.

– Il a le droit d'être fier, ce jeune homme, déclara Inez d'un ton impartial. A votre place, je ne jouerais pas avec lui. Il n'a pas une tête à apprécier les rivaux.

– Vous avez bien raison. Il est jaloux comme un tigre et ce n'est pas flatteur comme je le croyais, avoua Billie ingénument. C'est tout à fait désagréable.

– Alors ne provoquez pas sa jalousie.

– Non..., promit Billie. (Soudain, ses lèvres rouges tremblèrent :) Est-ce sans cœur de sortir ce soir avec Sean?

– Vous ne pouvez pas partager les chagrins des autres ou espérer les consoler. Mes parents feront tout ce qu'ils peuvent pour Christopher, mais il doit regarder en face sa douleur, comme un homme.

– J'ai pitié de lui et de ce qu'il endure mais... mais c'est la première fois que Sean m'invite à sortir avec lui depuis que nous nous sommes séparés...

– Allez-y! conseilla Inez, et elle revit Peggy Trent dans les bras de Sean O'Halloran, lorsqu'elle les avait surpris dans son bureau.

Mentalement, Inez haussa les épaules. Billie devait se débrouiller elle-même. Les avertissements, les conseils, les interventions étaient inutiles et, à l'âge de Billie, on les repousse fougueusement. Etait-ce de l'admiration ou de l'amour qu'elle éprouvait pour Sean, était-ce l'amour ou la pitié qui l'attirait vers Christopher? Billie seule pouvait en décider. Vivre avec ce rouquin révolté ne serait pas une sinécure mais cela en valait peut-être la peine. La vie avec Christopher serait plus facile et plus agréable mais apporterait moins de satisfaction. Tout dépendait de ce que Billie avait à donner...

Après le départ de la jeune fille, la grande maison parut anormalement silencieuse. Inez tisonna le feu pour faire flamber les bûches et réchauffa le café. Elle était fatiguée mais trop nerveuse pour se coucher.

Le bruit d'une voiture la fit tressaillir. Christopher n'était pas assez désespéré ou assez sot pour venir chercher une consolation auprès d'elle. Elle n'avait rien à lui offrir, si ce n'est une affection fraternelle, à laquelle se mêlerait un peu de mépris pour sa démarche inconsidérée.

La porte d'entrée s'ouvrit et des pas rapides et légers résonnèrent sur le parquet. Le cœur d'Inez battit plus vite, exactement comme il avait battu six ans plus tôt lorsqu'elle avait entendu ces mêmes pas. L'amour ne change pas. Du moins chez une femme de son caractère entier, supposait-elle.

– Chérie! Tu es ici!

Patrick semblait surpris. Elle se rendit compte brusquement qu'elle l'avait très rarement attendu. D'habitude c'était lui qui rentrait le premier à la maison.

– Patrick! s'écria-t-elle. (La crainte se mêlait à la joie qui brillait dans ses yeux.) Je croyais que tu ne rentrerais que demain soir.

– Non. J'étais impatient d'être près de toi. C'était inutile de prolonger ma visite.

– Inutile? répéta-t-elle en scrutant son visage.

Ses traits étaient tirés, il avait l'air épuisé, il se laissa tomber dans son fauteuil en face de celui d'Inez. Il était gêné aussi, presque penaud.

Inez sentit le cœur lui manquer, mais elle s'efforça de parler avec calme.

– Du café? Je viens de le réchauffer.

– Merci, répondit-il en appuyant sa tête contre les coussins et en étendant ses longues jambes, vers le feu. Cet hôpital... c'est une réussite magnifique. L'argent n'a pas été épargné.

– Je me l'imaginais. Et les Debrune? Comment est Ursula? demanda Inez en faisant un effort pour parler d'une voix calme. Toujours ravissante?

– Oui, je le suppose. Extrêmement soignée, élégamment habillée, gracieuse et fière, non sans raison, de l'hôpital et de sa somptueuse maison. Elle est évidemment satisfaite de ce que le destin lui a accordé mais...

Il s'interrompit et les sourcils froncés regarda le feu.

Inez s'était levée, elle versait du café dans une tasse en réprimant le tremblement de sa main. Ça y est donc! pensa-t-elle farouchement.

– Continue, dit-elle. Mais...

– Etrangement vide. Vide comme un beau coquillage qui a été jeté, expliqua-t-il lentement. Jadis elle m'exaspérait souvent. Pas cette fois. Tout est fini entre nous.

– Vraiment?

– Son mari a été la pierre d'achoppement. Tu avais raison, ma chérie. Tu as presque toujours raison, avoua Patrick comme si cet aveu lui coûtait un effort. Pour tous les royaumes de ce monde... je n'aurais pas accepté. Sir Max est un despote!

– Oh!

Elle ne voulait pas le regarder. Elle ne voulait pas qu'il vît le soulagement qui brillait dans ses yeux.

– J'en suis désolé. A tous égards, c'eût été l'idéal, dit-il avec un regret sincère. C'est l'attitude de cet homme que je n'ai pu admettre. Il croit sincèrement que sa richesse peut tout lui procurer, qu'il peut acheter tout le monde, à la seule exception de son fils. Ce fils est pour lui un idiot, un jeune fou entêté. Quand il a parlé fièrement de « ses » employés, j'ai compris que je ne pouvais en faire partie. Me blâmes-tu?

– Je t'ai dit que la décision t'appartenait. C'est ton travail et ton avenir, lui rappela-t-elle.

– C'est ce que tu as dit, mais pour une fois tu t'es trompée. Tout nous est commun, ma chérie. Sans toi, ma vie ne serait rien. C'était de notre vie qu'il s'agissait. Pourquoi t'es-tu dégagée?

– Je ne me suis pas dégagée. Simplement je ne voulais pas mettre de bâtons dans tes roues.

Il prit la tasse de café qu'elle lui tendait et la posa avec soin sur la petite table près de son fauteuil, puis il lui tendit les bras et l'attira contre sa poitrine.

– Tu t'es bien décidée à continuer ta vie indépendante? dit-il d'un ton de défi. Nous sommes des amants fervents mais avons-nous jamais été un couple marié? Ai-je jamais senti que tu m'appartenais complètement? Mrs Patrick Elbure et non la surveillante Raine?

– Tout nous est commun, as-tu dit, répondit-elle en sentant les battements violents du cœur de Patrick contre le sien. Laisse à la surveillante Raine le temps de remettre de l'ordre dans la Maternité. Ensuite je prédis qu'avant l'automne nous retiendrons un lit dans une chambre particulière pour Mrs Patrick Elbure.

– Oh! Grand Dieu! Pour toi? Pour ton bébé?

– Pour notre bébé, corrigea-t-elle, ses lèvres contre les siennes. Ne comprends-tu pas, mon chéri? Quelquefois, il faut être plus de deux pour former un couple et une famille.